いつか、きっと困難から立ち上がる

人生に大切な
4つの教え

学校法人小野瀬学園理事長
小野瀬隆久

PHP

はじめに

草刈り籠《かご》いっぱいに大量の位牌《いはい》――これがかつての我が小野瀬家の全財産であり、ここからがすべての始まりでした。

明治の中頃、曽祖父が騙《だま》されてイカサマ博打《ばくち》にのめり込み、お金はもちろん、家屋や田畑のすべてを奪われ、文字通りの無一文になってしまったのです。

住んでいた地域は西風が強く、風が吹けば埃《ほこり》が舞いましたが、

「目に入ったゴミだって俺のもんじゃねえ」

と、祖父の八十八《やそはち》は吐き捨てるように申しておりました。

つまり、これより下はないというほどの、貧乏のどん底を味わったわけです。

そしてこれが今の小野瀬家の、また私にとっての原点でもあるのです。

それから明治、大正、昭和、平成、令和と、祖父の八十八から父、楠雄《くすお》、そして私、隆久へとつながる三代、皆それぞれががむしゃらに働き、バトンを引き継ぎ、極貧を脱して復興を果たしました。

私は現在、学校法人小野瀬学園理事長として、栃木県小山市内で「学校法人小野瀬学園認定こども園　楠エンゼル幼稚園　にこにこ保育園」（認定こども園とは、幼稚園と保育園の二つを合わせた新しい園の形です）を営み、県内でも有数の幼児教育施設として認知されるようになっています。

ですが今日に至るまでには三代それぞれの、相当な苦難の道のりがありました。本書では小野瀬家の歴史をメインとして綴りますが、それはただ単に苦労話によって読む方の共感を得たいと考えたからではありません。

私の子どもや孫はもちろん、今まさにどん底でもがき苦しんでいる人たちや、これからどう生きるべきかと思い悩んでいる若い方々に対し、どんな困難があろうとも、スケールの大きな夢や希望をもってうつむかず、「気宇壮大にがんばって生きよう」と発信したいのです。

貧しいからといって萎縮しないで、せせこましく生きないで、目標に向かって真っ直ぐに生きろと。そうすれば必ず結果はついてくるし、後悔をしない自分らしい誇りある生き方ができるはずなのです。

実際、祖父母や両親たちが家族のため、地域のために懸命に働き、極貧の生活から抜け出し、ひたすら上へ上へと昇り続けて行こうと努力するさまを私自身が目の当たりにしてきました。

その中で、リーダーたるものの心構えや人としての真っ当な生き方を学び、今こうして私が充実した日々を送っているのもそのおかげであると実感しております。

絶望をせずに生き抜く術《すべ》を、身をもって知ったわけです。

現代のテクノロジーの発展目覚ましい情報社会において、こうしたアナログな経験を次世代に伝えることは大切に感じます。なぜならそれは、安易な情報に流されないで、本当に自分の力で生きるという素晴らしさを伝えるということでもあるからです。

この本では、失敗を恐れず三代にわたって果敢に挑戦し続け、やがては確かな実を結んだ一族の物語を書き残したいと思います。

そして、読む人が誰しも、生涯を終える時に思い残すことはないという、悔いのない生き方を送れる一助となれば幸いであります。

学校法人小野瀬学園
理事長　小野瀬隆久

もくじ

第2章　三代目として生きて

第3章　幼稚園をつくる

第4章　私の流儀

装　　　丁　bookwall
本文デザイン　グーニー株式会社

第1章　復興を誓う

屈辱の出発

小野瀬家の遠祖は藤原秀郷《ふじわらのひでさと》と伝わっています。

藤原秀郷といえば平安時代中期の貴族・豪族であり、平将門《たいらのまさかど》を追討して武功をあげた著名な武将です。さらには大百足《むかで》を退治したという伝説が残っている猛者《もさ》でもあります。

藤原秀郷の直系の子孫に武蔵国を治めていた太田氏があり、政光の時代に下野《しもつけ》国小山荘に移り住んだことから姓を小山氏に改めました。

小野瀬氏という姓は日本の姓のルーツの中でもはっきりとしている姓の一つでもあります。ただ、我が小野瀬家に関しては、菩提寺が明治期以降に火事で燃えてしまい、過去帳を焼失したために途中の家系については不明となってしまいました。

はっきりわかっているのは六代前（江戸末期）からです。それ以前の江戸期には天領地となって代官が治める土地で、代々刀鍛冶《かたなかじ》をしていました。刀鍛冶とはいえ、何俵何人扶持《ぶち》といった下級武士程度ではなく、七十石もの扶持を頂戴しておったそうです。

明治の時代となって廃刀令が出て、名刀も打てないということでやむなく野鍛冶になって、庶民の包丁や農道具などをつくっていました。ただ、所有地は七十五町歩（約七五〇、〇〇〇平方米／二二五、〇〇〇坪）ほどもあったといいますから、もともと広大な土地を所有していたのです。

私が子どもの頃、祖母や近所のお年寄りたちから聞いた話では、その昔、晴れ渡った日には筑波山山頂からでも小野瀬の屋敷森が見えたといいますから、それはもう見渡す限り小野瀬家の土地だったのでしょう。

ところが冒頭にも書きました通り、曽祖父である惣次郎がサイコロを使ってのイカサマ博打にはめられて負け続け、まんまとその土地も家屋も、果ては墓地までも売り飛ばすという悲惨なことになってしまったのです。

イカサマ博打に引っ張り込んだのは、幕末の頃に加賀から小山に移り住んで来た方の子孫でした。おそらく惣次郎が世間知らずのボンボンと見て、言葉は悪いですがいわゆるカモにされたのでしょう。その人は昼間からサイコロを削っていたといいますから筋金入りです。

風呂が沸いたから入りに来いと呼ばれて行くと、風呂上がりに「どうだ」と言葉巧みに誘われ、博打にのめり込んでしまったのです。そして次々に土地を形にとられて、とうとう墓地まで売るという事態にまでなったのでした。

祖父の八十八はその頃はまだ若かったはずですが、ある夜中、先祖の墓を掘り起こし、墓石を荷車に積んで、こっそりと共同墓地まで運んで埋め直したといいます。その屈辱たるやいかばかりか、想像するまでもないでしょう。

そして八十八は奈落の底に突き落とされるような貧困の中、家計を助けるために奉公に出されるのです。そしてその奉公先で知り合い結婚したのが祖母のやのでしたが、彼女もまた、実家が貧しいゆえに奉公に出されていました。

やのの実家は茨城県結城市にあり、父親は小田の森弥五郎というシコ名の相撲取りでした。体格はいいのですがいつも笑顔で負けてばかりの、負けっぷりのいい力士として知られていました。

ですがある時、父親に悲劇が待っていました。同僚力士とある娘の仲人《なこうど》をしたことから、その娘に惚れていた別の同僚力士の恨みをかい、風呂に入っている時に薪割りで頭を殴られて殺されてしまったのです。

そんなわけで早くに父親を亡くしたやのは、奉公に出て家のために稼ぐよりほかありませんでした。そのやのはとても美人でライバルもいたといいますが、それを蹴散らして八十八は、やのと晴れて夫婦になったのです。

二人が結婚生活をスタートさせた当時は、家が没落した後なので、お金はもちろん家財道具もほとんどありません。あったのは縁の欠けた茶碗一組と、一本脚のないちゃぶ台だけでした。

その一方で家を復興するという八十八の熱意には、なみなみならぬものがありました。新婚時代、やのを前にしてこう誓ったといいます。

「きっともとの小野瀬家に戻して、お前を長火鉢の前に座らせて、悠々と過ごさせてみせるからな」

そしてここから小野瀬家復興への、長きにわたる道のりが始まったのです。

不幸が不幸を呼ぶ

ここで八十八がどんな男であったのか、紹介しておきたいと思います。

祖父、八十八は、明治二十三年八月三日に、栃木県下都賀《しもつが》郡大谷村犬塚（現・小山市犬塚町）に生を受けました。

体も思考も行動も、そのスケールは大きく、豪放磊落という言葉がピッタリの男でした。当時では珍しく身長は一七五センチほどもあり、力持ちで二枚目、今でいうところのイケメンでした。酒にめっぽう強く、女性にとてもモテたといいます。

私が覚えている祖父は、夕方になると一升瓶を傾け、コップにドバドバッと豪快に注いで、一杯目を息もつかないで一気に飲み干し、二杯目も同じように注いで半分くらい飲むと、フーッと息をついてコップを置くといった姿でした。

人の話によると、

「（お酒の）四斗樽《しとだる》の口をひねっては飲んで身上（財産）を残したから、あの人（祖父）はすごかったよ」

と語り草となっていたといいます。

さて、その八十八は家の復興を誓い、小作をしながら小銭をコツコツと貯め、それを元手に事業を始めようと考えました。

体格がよかったせいか、その働きぶりは超人的で、朝昼はもちろんのこと、月明かりがあれば夜でも農耕に精を出しました。しかも畑を耕すために使う鍬《くわ》や鋤《すき》などの農機具は、鍛冶屋に頼んでその幅が通常の倍ものサイズのものを特注し、より効率的に耕したといいます。並の男なら重くて振るうのさえ大変だったでしょうから、本当に力持ちだったと思います。

ただ小作なので、土地は地主から借りなければなりませんでしたが、その地主は、「もともとお前のとこの土地だったんだ。好きなだけ使え」と理解を示してくれ、八十八は体力がギリギリもつだけの土地を借りて、必死に働いたのでした。

ところがその苦労は少しも実らず、不幸の連続といった状態でした。

まず、八十八はお金が貯まると何かしらの事業を始めるのですが、ことごとく失敗し、倒産を繰り返したのです。

そして家族にも不幸が襲いかかります。十六人もの子どもをもうけながら、そのうち無事に成人を迎えたのはたった二人だけというありさまでした。貧しさゆえに栄養事情も悪く、医者に診せたり薬を買うお金も満足になかったのです。

祖母のやのによれば、中にはとても賢い子が何人もいたそうですが、病に罹《かか》って看取ることしかできなかったそうです。八十八に「抱いていてやれ」と言われるまま、ただ腕の中で看取った子がほとんどで、とても悲しくつらかったと申していました。親としての務めを果たせず、

「地獄に落ちるのは必定だ」

と、しみじみ言ったものです。

結局成人を無事に迎えたというのが私の父、楠雄と妹のヤイだけでした。

ある大雪が降る冬の晩のこと。父親が博打で騙されたことを腹に据えかね、八十八が酒の勢いを借りて相手の家に殴り込んで暴れたといいます。相手の家では親類縁者が急遽集まり、武器として鍬や鎌、中には竹槍を持ち出す者もいて一触即発状態となったそうです。そんな時、清三郎《せいざぶろう》という八十八の弟が、風邪で寝込んでいる身でありながら兄のピンチを見過ごすわけにもいかず、

「俺が行かないと兄貴が殺されてしまう。連れて帰ってくる」

と言って高熱をおして相手の家に押しかけたのです。

無事に八十八を連れ戻したのはいいのですが、清三郎は無理がたたって肺炎を引き起こして亡くなってしまいました。

また、貧乏暮らしからなかなか抜け出せない八十八は自棄《やけ》を起こし、あげくには妾をもつような荒んだ暮らしとなってしまいました。そんな時、やのは髪を振り乱して妾のもとに乗り込み、八十八を連れ戻しました。

時には飲みつけない酒を飲み、八十八にからんで暴れ、罵って諫めたそうです。ふだんはおとなしくて従順なやのが突然暴れだすので、八十八はびっくりして「うちのカミさんがおかしくなった！」と、隣近所の住人に助けを求めたこともあったといいます。


当初は親兄弟と同居していた八十八でしたが、騙されたとはいえ、全財産を使い果たした両親（惣次郎とテフ）を日頃の鬱憤もあって、髪結いをしていた妹、アサのところに行けと追い出してしまったのでした。その後両親はどのような経緯で始めたのかわかりませんが、鉄道の測量に携わり財を成したそうです。そしてある時、八十八には何もしてやれなかったからと、

「これで田んぼでも買う足しにしてくれ」

と、かなりの大金を送ってくれました。

ところが借金だらけの八十八は、その大金を借金の穴埋めに使っただけで形あるものとして残すことができなかったのです。それを知った両親は激怒し、

「あいつに遣った金はドブに捨てたも同然だ」

と、以後は二度とお金を送って来なかったそうです。


このように不幸が不幸を呼ぶといった悪循環のように、小野瀬家にとっては悪夢のような歳月が何年も続いたのでした。

ただ八十八には、そんな貧乏のどん底にあって得た教訓がありました。それは――、

「体で稼ぐのには限界があるが、頭で稼ぐのは無限だ」

ということです。

極限にまで、体を酷使して働き続けた八十八らしい言葉です。今にして思えば、その教訓は八十八から息子の楠雄へ、そして孫の私、隆久へと受け継がれているようにも感じます。

希望の光

私の父、楠雄は、八十八が貧困に喘いでいた最中の、大正九年二月二日に三男として誕生しました。

七ヶ月という月足らずの未熟児で生まれた楠雄は、掌《てのひら》にのるほどであったといいます。生まれた時、両親は縁起を担いで長野県の善光寺にお参りをして、楠雄という名を授かったのです。この名前は幼少の頃は大変苦労をするが、長ずるに従い成功していくということで、

「昇り運となりますよ」

と言われたそうです。

その言葉通り、楠雄は小学校入学当初から、家事の手伝いや小遣い稼ぎに明け暮れます。ともすれば貧しさは勉学を疎かにして学びを遠ざけてしまいます。最初の頃は楠雄もそうでした。

ところが学期末のある時、同級生がいろいろな褒美をもらって家に帰るのを目にして疑

問に思います。「どうして友だちはご褒美をたくさんもらえるんだろう?」と。それを母、やのに話すと、

「勉強をいっぱいがんばれば成績がよくなるだろう? そういう偉い人は褒美がたくさんもらえるんだよ。お前にもできるだろうかねえ」

と諭すように言われたのでした。

それから楠雄は「それなら俺にだってできる」と、奮起して学問に精を出し、それ以後は褒美をもらえるようになりました。

そうなると勉強が楽しくなり、上級の学校にも行きたくなります。先に書きました通り、八十八は体で稼ぐことの限界を感じておりましたので、楠雄の申し出に一も二もなく同意し、小山町立小山実業学校への進学を許しました。


そして楠雄は無事に進学を果たします。成績は優秀で、とりわけ算盤《そろばん》は常にトップであったということです。しかしながら実家の貧乏暮らしは相変わらずであり、学費も小遣いも自らの手で稼がないと、という状況にありました。

そこで楠雄は一計を案じます。ウサギをたくさん飼育し、それを同級生に買ってもらお

うと考えたのです。ウサギというのは多産なので、雄《オス》と雌《メス》がいればどんどん増えていくのです。幸いウサギを飼えるほどの広い庭があり、そこに金網のフェンスを張って飼ったそうです。月夜の晩などには、ときどきフェンスを飛び越えて逃げ出し、妹と二人で追いかけてよく捕まえたものだと言っておりました。

このウサギの商いは当初こそ同級生に売れて景気がよかったのですが、さすがに何度も買ってくれるわけもありません。それでも楠雄は売りつけようとしたものですから、しまいには同級生は楠雄の顔を見るなり、「ウサギが来た！」と逃げ出したそうです。そう、その当時の父親のあだ名はそのまんまの〝ウサギ〟というわけです。

さて、そのウサギが売れなくなりますと、また何か商売をやろうということで、楠雄は次に干瓢《かんぴょう》の商いを思いつきました。なぜ干瓢かといいますと、住んでいた大谷地区一帯はもともと干瓢の一大生産地だったのです。毎年結城街道の周辺では、七月から九月の彼岸頃まで、白い御簾《みす》を垂らしたように干瓢をずらりと干していました。また八十八が干瓢の仲買人の経験もあり、身近な商売だということで楠雄は目をつけ、干瓢の売買を始めたのでした。

学校からの帰り道、農家の庭先を訪ね歩いて干瓢を買う商談を成立させます。そして家に帰り着くと八十八の自転車に乗り、買った干瓢を回収してまわります。それを問屋にもって行って売り捌き、明日に干瓢を買う資金として換金したそうです。夕方の明るいうちに問屋に干瓢をもっていかないと買ってもらえず資金を得られないので、とても忙しかったそうです。

また、後に詳細を書きますが、干瓢は相場商品だったので価格の上がり下がりが激しく、上がる時はともかく、下がる時は必死の売買となりました。ただこの経験が後に生きて、干瓢問屋を開くきっかけとなるのですから、何が幸いするかわかりません。

ところがそんな矢先に事件が起きます。八十八の倒産に遭遇してしまうのです。そんなことになっているとは夢にも思わず、楠雄はある日いつものように学校からの帰り道に農家をまわって干瓢を買い付けて家に帰って来ます。自転車に乗って買った干瓢を集めるのですが、数が多くて一度には集めきれず、いったん家に持ち帰ってから再び出かけようとした時のことでした。

そこに官吏《かんり》が来ていて、八十八の財産の差し押さえを行っていたのです。そして何と楠

雄の干瓢までも差し押さえてしまったのでした。茫然となる楠雄に代わってやのが、

「これは私たち夫婦のものではありません。息子がウサギを売ったお金で買い付けた商品です。学費の足しにしているものですからどうか見逃してやってください！　お願いします！」

と涙ながらに官吏に頼んだのですが、規則を曲げるわけにはいかないと差し押さえられてしまいました。

ところが話はこれで終わりません。差し押さえを終えた後で官吏はこう告げました。

「私は職務上、これは実行せざるを得ない。だが事情を聞けば感心なことだ。明日から学費を稼ぐための資金がないと困るだろうから、私がそのお金を貸してやろう」

と、お金を貸してくれたというのです。

これが冷酷非情なだけの官吏であったのなら、ひょっとして楠雄は学費を納めることができずに学業を断念したかもしれず、血も涙もないのかと、生涯根に持ち続けて役人や行政を恨んだかもしれません。

後年、昭和三十八年に楠雄は事業に成功して小山市の市議会議員になるのですが、初陣《ういじん》の際の第一声は次のようなものでした。

「先祖があり、郷土があり、社会の恩恵に育てられて今の私がある」

その思いの中には、貧しい青少年時代にかけられた、様々な温情が根底にあったのだと感じます。また地方議員になったのも、受けた恩を地域に返すといった気持ちが強かったのだろうと察します。

紙一重の運命

やがて楠雄は成人となり、徴兵検査を受けます。結果は目が悪くて乙種合格。しかし甲でも乙でも合格となれば、間違いなく死へと近づいたことになるのです。当時の合格者の心境は誰しも同じで、死の覚悟は自暴自棄につながったと聞きます。こうして楠雄は大事な一人息子だったにもかかわらず、歓呼の声に送られて出征して行ったのです。

赴いた戦地は中国の満州でした。八五三部隊吉原隊という部隊に属し、隊長には目をかけてもらってよくしてもらったそうです。

これは余談ですが、根性の悪い上官の中尉がいて、何かにつけて楠雄は殴られたそうで

す。あまりにひどい仕打ちをされたので、後に終戦となった時、帰国の途に就いた船内で、よほど腹に据えかねていたのでしょう、

「こいつを船から海にぶち込んでやる」

と暴れたそうですが、同僚たちからは、

「無事に命を持って帰れるのに犯罪者になってどうする」

と必死に押さえられ、なだめられてようやく思いとどまったといいます。

戦友会を開いた際、我が家を訪ねて来た当時の部下や同僚からこの話が出て、

「あいつ（中尉）は殺されても不思議はなかった」

と語っていましたから、相当ひどいめに遭《あ》わされたのでしょう。

楠雄が市議会議員の時代、ひどいめに遭わせたその男（中尉）が、小山市のある会社に勤めていて頼みごとをしてきたことがありました。人生とは奇縁に満ちています。もちろん丁重にお断りしたのは言うまでもありませんが、その男にしてもよくもまあぬけぬけと父のもとにやって来たなと呆れてしまいます。


閑話休題。

楠雄は戦地で九死に一生を得る経験をしました。戦争末期、その頃はもう日本は敗色濃厚でした。楠雄は満州から南方への転戦を命じられ、護送船に乗って海を渡ることになります。ご存じの通り戦争末期の南方といえば、激戦どころか死だけが待っているというような場所です。

この時、死を覚悟した楠雄が両親や妹に宛てて書き送った遺書が残っています。当時の若者がどのような思いであったのか、戦争を知らない若い世代に少しでも知っていただけたらと思い、以下に全文を掲載させていただきます。

遺書
小野瀬楠雄
父上様
楠雄ハ此處ニ大君ノ爲ニ死ニ赴カントス大義ニ生クルヲ欣ヒトシ本懐之ニ過グルナシ然レ共何處ニ死場所ヲ得ンヤヲ案スルノミ死ニ臨ミテ何等遺ス言モアラス唯一ニ御両親様ノ御健康ヲ祈リ過去ノ不孝ヲ御詫ヒ致シマス尚貯金トシテ七百圓余在リ内百圓ヲ國防献金ニ、残余ハ有意義ニ御使用下サレ度シ

母上様
征シテヨリ日夜御心配ヲ煩ワシマシタ御許シ下サイ
御蔭様ニテ今日ヲ迎ヘマシタ御喜ヒ下サイ戰野ニ
屍ヲ曝スハ固ヨリ軍人ノ本望ニシテ又一門ノ名誉ト
心得マス縦ヒ遺骨ハ還ラストモ世ニ恥サル言動ヲ
至シ置カレ度ク爲ニ髪及爪ヲ遺セルモノナリ

八重子様
兄ノ留守中ハ御苦労ヲ掛ケマシタ之ヨリハ家ノ柱トナリテ
御両親様ニ十分ナル孝養ヲ盡シテ呉レ兄ノ分迄
頼ム銃後ノ皆様ニモ宜敷ク御傳ヘ下サイ
撃テ米英
輝ク日本

父に限らず、当時はこうした手紙が数多く実家へと送られていたことと思います。手紙を出す者の心情はいかばかりであったか、受ける家族の心情はいかばかりであったか、つらい胸の内が偲《しの》ばれます。

ともあれ、楠雄は死を覚悟して護送船に乗り、激戦地の南方へと向かうのですが、ここで奇跡的なことが起きます。台湾海峡に差しかかった時、敵の潜水艦を発見したとの一報を受け、護送船は急遽台湾に上陸したのです。後の護送船が次々に南方へと向かって行くものですから、楠雄の部隊は台湾で足止めを食らったまま終戦を迎えたのでした。後に聞いたところでは、発見したのは敵の潜水艦ではなく、味方の潜水艦だったそうです。しかも楠雄の部隊の代わりに南方に送られ、戦った部隊は玉砕し、全滅したのでした。

「人の運命は本当に紙一重だ」

と、父は語っておりました。

もしここで父が南方に送られ、戦死していたのなら小野瀬家の復興はおろか、私さえこの世に存在せず、したがって幼稚園も保育園もできていなかったわけです。それを思いますとつくづく運命というものの神秘を感じざるを得ないのです。

八十八の大成功

話は前後しますが、父の楠雄が戦地に赴いていた昭和十九年頃、小野瀬家は一つの大きな転換期を迎えていました。

その頃祖父の八十八は桑苗の問屋業を営んでいて、自らも畑に桑の実や苗木などを育てつつ、近隣の農家からも買い集めたり委託するなどして生計を立てておりました。地元はもちろんのこと、群馬・茨城・山梨・長野・新潟・福島・山形などに出荷し、手広く販売をしていました。

この商売は生産状況により苗木の値が著しく変動し、高値の時はとてつもなく高く、安値の時はタダの木と同じでもらってくれる人すらないというありさまでした。

そんな中、昭和十六年から十八年まで三年続けて桑苗がタダ同然になってしまったそうです。その時八十八は、生木の桑では燃えにくく、薪にもならないため、仕方なく山林の中に積み込んでいたそうです。そして三年続きの底値だったため、昭和十九年もまたダメだろうと皆は作付けをしなかったのです。

ところが八十八はまったく別の考えになっていました。これまでの自分は本当に運に見放されて努力も報われなかった。少し運が向いて来たかと思えばすぐさま地獄が訪れるという悪循環だった。どうせダメならダメもとでとばかりに、大勝負に出たのです。畑を借りられるだけ借りて、委託もたくさんして桑苗を伏せて作付けをしました。やがてその秋、見事に大当たりを引き当てたのです。

生産量がもともと少ない上での高値の取引となり、高値が高値を呼んで大相場となりました。八十八にとって一世一代の大儲けとなり、その当時のお金で六百万円の大金を得たのです。今日ではおそらく何億円もの価値になるでしょう。仕方なく山林の中に積んでおいた苗木まで、きれいに売れてしまったそうです。

その後、儲けたお金で私の実家は建てられたのですが、三十万円だったそうです。当時の家屋には制限があって、三十坪以上の家は法的に建てられなかったのですが、桑の苗木を生産するのに必要な作業場ということにして、それ以上に広い建物をつくってしまったのです。そこへ検査に来た監督庁の役人が畳が入っているのを見て、

「農作業をするのにどうして畳が必要なんだ」

と問うたのです。

すると勝ち気で負けず嫌いの八十八は、

「桑苗は今輸出産業を担っている重要な生産物だから、畳の上で作業するんだ」

と屁理屈を言い放ったのです。

当然、役人にしたら気に入りません。怒って使用中止命令を出されてしまいました。しばらく家が使えずに大変だったそうですが、ある代議士にとりなしてもらってなんとか使用できるようになったのでした。

ともあれ八十八は、野球で申せば九回の裏二死からのサヨナラ満塁逆転本塁打を放ったと同じで、最後の最後でようやく運をつかんだのです。

復興への第一歩

やがて昭和二十一（一九四六）年三月四日、楠雄が無事の帰国を果たします。一度は戦死したものとして諦めかけていた家族にとって、その喜びは言葉では言い尽くせないものがありました。ましてや母、やのにとっては十六人産んだ子のうち生き残って成人した二人のうちの大切なひとりでもあります。その後毎年三月四日を楠雄の第二の誕生日として祝ったといいます。

帰還してほどない四月に入ったある日、八十八が新調した洋服を用意していて、楠雄に「着ろ」と命じます。言われるままに着てみますとサイズがピッタリです。

「それなら俺の後をついて来い」

と言われ、二台の自転車を連ねて走りました。

やがて一軒の家に到着し、座敷に通されて何が何だかわからないまま座って待たされたのです。やがて一人の娘があらわれ、お茶を出して去りました。何だろうと思っていると今度は年配の女性が出てきて、

「お気に召さなければ結構です」

と言ったのです。

そして突然また他の年配の女性があらわれて、

「今お茶を運んできた娘をどう思われます？　気に入ったのならどうぞお茶を召し上がってください」

と言うではありませんか。

楠雄はそこで初めてこれは見合いなのかとピンと来て、慌ててお茶を飲み干したそうです。実は、お茶を飲むという行為が、了解するという意思表示だったのです。

こうして何が何だかわからないうちに縁談が進み、その年の五月五日に晴れて御祝儀となり、楠雄は母、きんと夫婦になったのでした。とはいえ、きんの方も御祝儀のその日を迎えても自分の夫となる男の顔もわかってはおらず、結納の時に見た八十八の末弟、末吉がその人だと思っていたとのことです。昔の話とはいえ、ずいぶん乱暴な話ですが、楠雄も末吉もイケメンでありましたので幸いであったかもしれません。

母、きんは地主の家に生まれた娘でした。お嬢さん育ちで、嫁入りした当初は挨拶ひとつにしても、自分からではなく、向こうからするものだと思っていたようです。八十八は商売柄方々をまわっておりましたので、顔が広かったのでしょう。常日頃から息子の嫁候補を探していたに違いありません。

結婚してほどなくきんは第一子を身ごもりましたが、残念ながら、きんがマラリアに罹ってしまったことからその子は流産してしまいました。その後再び身ごもって昭和二十二年十月三十日に生まれたのが、私、隆久でした。次いで二十四年には妹の雅子が、二十六年には弟の和良が生まれたのです。

干瓢問屋を始める

さて、嫁いで来たきんは、小野瀬家の家業を手伝うわけですが、なにぶんお嬢様育ちで労働といえば結城紬《ゆうきつむぎ》の機織《はたお》りができるというくらいで、農業などはまったくやったことがありません。桑苗をつくるのにも体力的にもたず、楠雄が助けても相当つらかったようです。

これではとても無理だということで、楠雄は一大決心をします。その時きんは私を産んで実家で養生をしていたのですが、楠雄はそこに出向き、

「よく考えてみたんだが、これから干瓢問屋を始めることにした」

と告げたのです。

聞けば楠雄はきんのため、小野瀬家のこれからのためにも、出征前に少し関わっていた肥料問屋の仕事か、学生時代に小遣い稼ぎをした干瓢問屋のいずれかに商売替えをすると

いうことで、干瓢を選んだのです。

時に楠雄、二十七歳の決断でした。

それに先立って、八十八は楠雄にこう語っていました。

「俺は今までいろんな事業をやってきたが、ちょっと成功したかと思うとすぐに失敗してもとの無一文になる、その繰り返しだった。俺にはあまり運はなさそうだ。やっとの思いで大金を手にしたが、俺がもってるとまたいつ使い果たすかわからない。それで、お前のもっている運に賭けてみようと思うんだ。どうだ楠雄、自分の好きなことをやってみろ」

そう言って当時のお金で三百万円（今だと数億円でしょうか）もの大金を渡されたのです。そして楠雄は思案の末、干瓢問屋を始めることにしたのでした。八十八の言葉を言い換えてみますと、「このお金で小野瀬家の復興を頼む」ということになりましょう。楠雄の胸の内はおそらく、プレッシャーと意気込みがないまぜになっていたのではないでしょうか。

八十八にしてみれば、何も闇雲に大金を楠雄に渡したのではなく、それなりの勝算があったかと思います。つまり、楠雄の商才を見抜いていたのです。

それは父がまだ子どもだった頃のことです。

群馬県の太田市で祭りがあるというので、こちらから干瓢をもっていって行商をしようと祖父が思い立ちました。父と二人で自転車に乗って干瓢を売ろうとしたのですが、なにぶん祖父は客に頭を下げて物を売るような人ではありませんでした。逆にふんぞりかえっているほどでしたから、さっぱり売れません。早々に諦めて商売をやめ、飲食店で飲んだくれていました。ところが父は売り声をあげて、売れ残った干瓢を次々と売って、完売させたそうです。

ウサギや干瓢のアルバイトもそうですが、このような父の商才を祖父は早くから見抜いていたに違いありません。

干瓢のこと

ところでなぜ干瓢問屋かと申しますと、昔から小山の干瓢は地場産業として有名で、問屋業では高額納税者がいるほど儲かる家もあったのです。

干瓢は夕顔というウリ科の蔓性一年草からとれます。重さは七、八キロにもなり、初夏の夕方に白い花を咲かせ、翌朝には萎むことから夕顔と呼ばれています。

歴史も古く、夕顔はもともとインドや北アフリカといった熱帯地方が原産で、それが中国や朝鮮に伝わり日本に渡来した（三〜四世紀頃）といわれています。平安時代には日本でも栽培されていたとされ、『枕草子』や『源氏物語』といった古典にも登場します。

そもそも夕顔は器として利用され、干瓢となる実（フクベ）の部分は捨てていました。それを食するようになったのは日本でのことです。実は甘味が強いのですが腐りやすく、本来は食べるのには向いていませんでした。それを実を削って干し、保存食として食べ始めたのですが、その食べ方を流行らせたのは意外にも甲賀忍者でした。

その干瓢がどうして小山で盛んに作られるようになったのか。

甲賀といえば滋賀県ですが、今からおよそ三百年前、近江の水口《みなくち》藩（現在の滋賀県甲賀市）から下野の壬生藩（現在の栃木県下都賀郡壬生町）に国替えとなった藩主、鳥居忠英《ただてる》が種を水口藩から取り寄せたのが始まりです。

水はけの良い土壌や雷雨が多かった栃木県の気候に目をつけ、干瓢づくりを奨励したのでした。もちろん食べるだけでなく、乾燥させた外皮を使った器も「ふくべ細工」という名の伝統工芸品として今に伝わっています。栃木県の干瓢は農家の努力もあり、一九七〇年代後半には栽培面積、生産量ともに全国シェア九十五パーセント以上を誇るほどだったのです。

というわけでその干瓢に目をつけて問屋業を始めた楠雄なのですが、大金の元手があったがゆえに、実にほろ苦いデビューとなってしまいました。

大失敗と屈辱

こうして父、楠雄は昭和二十二年に干瓢問屋を開業しました。商売のノウハウを学ぶために人材のスカウトを始め、その時縁あって手伝いを申し出てくれたのが星野清さんという方でした。星野さんは当時、商売が傾きかけていた干瓢問屋「中沢商店」に勤めていた人です。

ちなみに中沢商店は小山駅前にあり、一時は高額納税者となって、隣町の小金井まで他人の土地を踏まずに行けたといった財産家だったといいます。

楠雄は星野さんとともにお得意さんの開拓を始めます。大阪・京都・名古屋・東京・四国・九州と、思い当たるあらゆる販売先に来る日も来る日も手紙を書き送ったものの、何の音沙汰もなく日々が過ぎていきました。

そしてたまに「買ってもいい」という返事が来ます。喜び勇んで大急ぎで先方に送るために荷造りをして貨車積みしたのはいいのですが、これが取り込み詐欺で騙されたりと、当初は散々の苦労をしたのでした。ですが、それから駅の発送所で他社の販売先を覗き見て書き写したりするなど、努力を続けた結果、少しずつ販売先を獲得していったのです。

ところで夕顔の生産は天候に左右されやすく、買値や売値が大きく激しく変動して安定しません。つまり相場商品なのです。それゆえ投機的であり、言葉は悪いですが博打的側面がありました。七月から農家の庭先で生産が始まるのですが、その時の値段の倍以上か、半値になるといった値動きを、毎年一年を通してするといった、いわゆるハイリスク・ハイリターンの商売なのです。要するに安値で買って高値で売り抜けるということで利益が出て儲かるわけですが、この読みを外してしまいますと大損をすることになったのでした。

そのようなことで、

「干瓢問屋の家業は三代続いたことがない」

とまでいわれていたのです。

楠雄はそんな難しい商売に挑んだわけですが、結果から申しますと、当初祖父から渡された三百万円もの大金を、たった三年で使い果たしたのでした。それこそ火鉢の練炭を買うお金にも事欠くありさまになってしまったそうです。それは「お前のもっている運に賭けてみる」と言った八十八の期待を見事に裏切るものであり、小野瀬家の復興どころか、せっかくの八十八の成功に水を差すような緊急事態だったのです。

とはいえ、泣きごとを言っていても仕方ありません。商売も生活も続けていかなくてはならないのです。少しでも預貯金が残っている金融機関があれば、どんなに遠くても――銀行だろうが郵便局だろうが信用金庫だろうが農協だろうが――出かけて行ってお金をかき集めたそうです。

そんなある日、きんは銀行に出向くのですが、わずかな預金を出金していると、同業の人が来店していて奥の方で支店長と談笑しているのが聞こえてきたといいます。

「あちらの方は小野瀬さんの奥さんですよ。今日はこちらに預金を下げに来られたようですね」

「俺ならそんな少しばかりの金をこんな遠くまで下ろしには来ねえけどな」

きんは恥ずかしいやら悔しいやらで、いつまでも忘れることのできない一日になったと、後々まで私に語っておりました。

しかし、そんなことがあって母の闘志に火が点《つ》いたのです。嫁に来てまだ日が浅いにもかかわらず、自身の親戚を頼って金策に奔走しながら、二度とこんな惨めな思いはしたくないと感じました。そしてなぜこんなことになってしまったのだろうかと、きんは必死に知恵を絞って考えたのです。

先にも書きましたが干瓢は相場商品です。買っておいた干瓢を値上がりした時に売っておけば、儲けるチャンスはいくらでもありました。にもかかわらず売るという決断をどうしてしなかったのか。

値上がりを始めるとある日数は必ず上がり続けます。したがって上がったその日に売ればいいのに、明日になればさらに上がって儲かるのではないかという捕《と》らぬ狸《たぬき》の皮算用、つまり欲が出ます。買うことに夢中で売ることを忘れて大儲けの夢を見るのです。そうこうするうちに相場ですから天井を打てば下がるしかありません。

そこですぐに売ってしまえばまだ利益は出るのですが、一度上がった相場を見てしまいますと、すぐには売れないという心理がはたらくのです。そのうちどんどん相場が下がり買値まで下がると、利益が出ないのでは何をやっているのかわからなくなりますから、そこで売るわけにはいかなくなります。

やがて買値を割り込む。いよいよ売れない。最後は買値をはるかに割り込んで、底値安定となった時点で出直すしかないと諦めて損を覚悟で売る、という〝損切り〟をやるしかなくなるのでした。

この繰り返しを三年間もやったのですから、大金を失うのは火を見るより明らかです。原因はわかったのですが、問題はなぜそんなバカなことを三年間もやってしまったのかということでした。

きんは借入金ゼロで自己資金だけで商売をしていたことを、楠雄に指摘します。返す必要に迫られないから、少しの利益を得ることをバカにして売らなかったのです。たとえ小さくとも利益を確定することの大切さをおそろかにしていたということです。

相場商品なのですから、上がった時点で何回でも売って利を得ながら（利食い）上値を追えば、確実に利益が出るのです。さらには天井を打って下がり始めたら素早く損切りして、様子を見ながら出直すことでした。

何回も利食いしていれば、損切りしても全部の利益を吐き出さずに済むのです。

そしてきんは、すべての誤りは、利息を払うのを嫌って自己資金だけに頼った商売をしたことだと悟ったといいます。

つまり、借金であれば返す必要に迫られるから素早い対応はもちろん、何回も売買すると心身ともに厳しくなるが、確実に利益を出すということが第一なので、それが最も堅実な商売であると学んだのでした。

そこで次には銀行に行き融資の交渉をするのですが、すでに三百万円を使い果たした楠雄の信用はガタ落ちで、貸してくれそうにありません。銀行というところは晴れた日には傘を貸し、雨が降るとそれを取り上げてしまいます。

ただし、資産のある八十八の個人保証があれば融資できるとのことでした。

八十八にはまだ大失敗した話をしておらず、怒りをかうとは思ったものの、背に腹は替えられません。正直に事情を話して保証判をついてほしいと頼んだのですが、案の定、

「財産を渡す時期が早すぎた」

と怒り心頭で、保証どころの話ではありません。

ですが楠雄も必死です。悪知恵をはたらかせ、八十八が昼寝をしている隙に印鑑を盗み出し、保証判を捺して融資を受けたのでした。今となっては笑い話になりますが、当時の父はなりふりかまっていられなかったのでしょう。


その後はまず信用回復が第一だと、二ヶ月で返済可能であっても倍の期間以上、できるだけ長い期間で借り入れし、利息を余計に払ったりしていました。干瓢を仕入れて少しでも値上がりして利が出るとなれば売ります。

当時は貨車に積んで運びましたが、小山駅から荷を積んだ貨車が出発すると楠雄は客車で後を追いかけました。

そして大阪や京都、名古屋、東京などのお得意さんのところに到着すると同時に集金をして、とんぼ返りで帰郷する。その足で新たに干瓢を仕入れて、引き合いがあればすぐさま同じようにして集金して、できるだけ借り入れ期間を短縮して返済の努力をしたそうです。

そんな慌ただしい商売を繰り返すうちに、ようやく相場商品が何たるか商売のコツをつかんで確実に利益を出し始めました。そうすると金融機関の信用も徐々に回復していったのです。

失敗は成功の母と申しますが、楠雄は商売を始めた当初、まさにそれを地で行く体験をしたのでした。

三百万円の授業料は高くつきましたが、それ以後、楠雄は相場では負けたことはなかったかと思います。

一方、きんはきんで、米や麦、桑の売り上げなど、干瓢以外の農業収入を楠雄には内緒で得て、コツコツと預金をすることで金融機関の信用回復を図ったのでした。

当時、我が家では山林田畑およそ六町歩を耕作していました。また、楠雄の給料はもちろん、生活費も極力切り詰めて、どんどん預金にまわしたのです。後にその総額に驚かされる日がやってくるのですが、それは長らくきんだけの秘密でした。

それは昭和三十四（一九五九）年のことです。

昭和アルミという会社が犬塚に工場を建設し、操業を開始するのですが、それに先立って工場用地の買収がありました。その買収対象に八十八が買っていた小野瀬家の土地も候補としてあがっていたのです。

ところがその頃の我が家は商売も順調に推移していたこともあって、当初この買収には応じませんでした。それでも当時の小山市長から三年もの長きにわたって懸命に懇願され、最終的には折れて一万坪の土地を千二百万円で売却したのです。

この買収に最後まで強硬に反対していたのは母のきんでした。なぜ、きんはそれほどまでに売却をこばんだのか。

それは誰にも内緒で積み立てた預金がすでに、四千万円もの金額に達していたからでした。それだけの資金があったので、土地を売って換金する必要など感じなかったのです。こっそりと信用回復のために歯を食いしばって貯めたお金の存在を、舅《しゅうと》や姑《しゅうとめ》はもちろん、楠雄にすら打ち明けることができないために、土地を売るという選択をしたことを後年大変悔しがっていました。

では、なぜ言えなかったのか。

それは大金の存在を知れば楠雄や八十八の性格からして、また別の商売にお金を使い始めるに違いない、そうなればまた一心不乱に仕事に没頭しなくなると考えたからだそうです。

きんにしてみれば、舅や姑、夫が「千二百万円という大金を一度は見てみたい」という話をしているのを聞きながら、

「実は我が家には四千万円もの預金ができてるんです。だから土地なんか売らなくてもいいじゃないですか」

と思わず口にしそうになるのをグッと堪《こら》えるのが大変だったとも申しておりました。それに一万坪もの土地があれば、息子の代にどんな事業をやっても利用価値が高いという思いもあったのです。

すべては貧困に喘いでいた小野瀬家の過去を知った上での、きんの苦渋の決断でした。ですがこのことが後に意外な展開になるのですが、それはもう少し後でお話ししたいと思います。

祖父と祖母の思い出など

このへんで厳しく生々しい相場の世界から離れて、私を大変慈しんでくれた祖父母の話

をしたいと思います。

私は幼少の頃よりわんぱくでいたずらが好きでした。とりわけ大好きだったのが、帳場の机の上によじ登り、両親がつけていた帳簿に赤インクと青インクをつけてこねまわすことでした。大事な帳簿を台無しにするのですから、父から大目玉を食らってゲンコツが飛んできました。ところが私はおもしろさの誘惑に負け、懲《こ》りずにそれを繰り返したものでした。

そんなわけで、干瓢の仕入れや売買でいよいよ家中が忙しくなりますと、母の実家に預けられて過ごす日が多くなっていったのです。母の実家には叔父や叔母が七人もおりましたので、一番下の弟のように可愛がられて楽しく過ごしたものでした。

一ヶ月ほど泊まり続けることも普通で、さすがに心配した親や祖父が迎えに来ました。そんな時は帰りたい反面、帰りたくないような気持ちもあって泣いたことを覚えています。だいたいはそのまま帰宅するのですが、またすぐ母の実家に行ってしまうのでした。

その頃は母の実家の方がずっと居心地がよかったのは確かでした。

忘れ難い思い出は、父方の祖父母、八十八とやのと温泉で過ごした日々です。きっかけはやはり私のいたずらで、祖母があまりに孫が不便だということで、那須温泉や塩原温泉といった温泉地の宿に連れて行ってくれたのです。

祖母は長年にわたる野良《のら》仕事で体を酷使したために足が悪く、かねてから一ヶ月ほど湯治《とうじ》に行っていました。これは若い頃から貧乏でずっと苦労のかけ通しだったと、祖父のせめてもの罪滅ぼしでもあったのです。湯治というのは基本的には自炊ですが、祖父はそれもさせず、上《あ》げ膳据《ぜんす》え膳《ぜん》で一番いい客室をとっていました。

私はその湯治に連れて行ってもらったのですが、最初の一日二日は祖父も一緒でした。祖父は芸者をあげて好きな酒を飲み、三味線を抱えて歌っていました。

そうやって祖父が帰りますと、祖母は待ってましたとばかりに自炊場に行き、他の宿泊客たちと自炊して和気あいあい楽しく過ごすのです。自分ひとりで風呂に入ったりゴロゴロしているのが退屈で仕方なかったのだと思います。

やがてまた祖父が迎えに来るのですが、怒られないように、その一日二日前にはもとの上げ膳据え膳に戻るのでした。

さて、家に帰って来ても私のいたずらは一向に直りません。「こんな忙しい時に何をやってるんだ」と父からまたゲンコツをもらって大泣きしていると、祖母は近くの山林へとキノコ採りに連れて行ってくれました。じゃがいもの花盛りから始まって夏のキノコに秋のキノコまで、十種類はあったかと思いますが、いろんなキノコを採りました。

そして帰って来ると、うどんや蕎麦を打って一緒に煮込んで食べたりするのです。とても香りのいいキノコもあって、今でもはっきりと思い出します。食べるだけでなくて、祖母は「これは食べられるキノコだ」「これは毒キノコ」などと言って教えてくれました。実践で覚えていくわけですけれど、子どもの吸収は早いものです。すぐに祖母がキノコを採るポイントがわかって真っ先に駆けて行って採ったものです。

今でもどこにあるかすぐにわかりますし、調理もできます。祖母のやのは貧しさゆえにまともな教育も受けられず、祖父からカタカナの書き方を教わったほどでしたが、本当に優しく、思いやりのある人でした。

その祖母、やのは昭和四十六（一九七一）年八月八日に七十八歳で亡くなりました。

他方、祖父の八十八は商売のかたわら、大谷村の村議会議員、そして大谷村と小山町が合併して小山市が誕生すると、小山市議会議員を歴任しました。

先にも書きましたが、大変豪快で剛毅な性格でしたので、議会内で意見の対立があったりするとつかみ合いの喧嘩《けんか》にまで発展したそうです。好かれる人には徹底的に好かれるが、嫌われる人からは徹底的に嫌われるというふうな人でもありました。

親分肌で頼まれると嫌とは言えない、面倒見のよい人でもあったそうです。

ただし、約束ごとには大変うるさく、約束を果たさない、守らない人には厳しく叱責したといいます。借金を申し込まれれば無利息で長期間貸すのですが、返済の期日を一日でも過ぎてしまうとカンカンになって借主を叱りつけたのです。

相手にしてみればやむなくといった面もあるのでしょうが、八十八にしてみれば嘘をつかれた気持ちになるのでしょう。これもイカサマ博打によって騙され、屈辱にまみれた過去がそうさせたのかもしれません。

また八十八はお金では苦労させられましたが、守銭奴のように執着することなど一切ありませんでした。その証拠に、公共への寄付はよくしておりました。大谷北小学校や大谷中学校の門柱（御影石）を贈ったのをはじめ、神社仏閣への寄付、小学校でＰＴＡ会長を務めた関係からか、傘を大量に学校に寄付して学校帰りの子どもたちの助けとなるようにしました。

農地解放のこと

昭和二十一年十二月二十九日、自作農創設特別措置法が施行されました。世間でいうところの農地解放です。この法律に基づき、地主から小作農者に、耕作地が格段に安い価格で強制的に売り渡されることになったのです。

そのころ、我が家でも小作地を有しておりましたので、この農地については法律により、格安に取得できたのですが、八十八は、こんな馬鹿げた価格でなんか受け取ることはできないと、無条件で地主に返還したのです。

なぜなら、解放を受ける俺は世間に何と言われてもいいが、孫子《まごこ》の代まで解放地主だなどと言われるのは癪《しゃく》にさわると返還を決意したそうです。そうしておいて、日をあらためて地主の方に、

「あの土地をおひねりで売ってくれないか」

とお願いしたのです。

地主のほうでは、奥さんが、「おひねりで売れとはふざけた奴だ。とんでもない、売らない」

とカンカンだったそうですが、地主の方は、

「売ってやれ。あいつのことだ。おひねりでとの言い分だが、絶対にそんなことはないはずだ」

と、売却に応じてくれたそうです。

そして、八十八は新聞紙に大きなおひねりを無理無理包み込み、当時の普通の売買価格の倍ほどの金銭を渡したといいます。

それを受け取った地主さんは、奥さんに、「あれが置いていったおひねりを開けてみろ」と言って開けさせたそうですが、そのとたん、奥さんがびっくりしました。「これだけ入っているよ」と奥さんが告げると、「それみろ、俺が言ったとおりだろう。あいつが言うおひねりとは、そんなもんだよ」と。

一方、楠雄の妻、きんの実家はこの法律のため、養蚕のために耕作していた畑はすべて残ったものの、田んぼはすべて小作に出していたので全部解放という羽目になりました。

そこで、きんの父は、旧小作人と交渉し、我が家では米が確保できない、家族が生活できるだけでも、なんとか返してくれないかとお願いしたそうです。

そしたら、小作人同士で話し合ったところ、

「たしかにそうだ、地主のところには田んぼはひとつもなくなった。何年か前、不作続きで小作料が払えなかった時、二年分は無理だと思うからと、二年のうちの一年分はすべて無料にしてくれ、一年分だけなんとか納めたことがあった」

と、誰かが言い出したそうです。そんなこともあり、皆で少しずつ出し合って一場所返そうじゃないかとなったとのこと。それでようやく米の確保ができたそうです。


話が前後しますが、八十八はようやく事業で成功し、何人もの農業従事者を雇っていました。しかし、この従業員たちはそれぞれ小作をしながらかろうじて生活を保っているという状況でした。そのようななか、突然のこの法律で自作農への道がひらかれましたが、格安の価格でもそれを支払う力がありませんでした。

その時、八十八は、

「俺がその資金を出すから、それぞれの土地を取得したらどうだ。ただし、畑の半分に桑苗を栽培してほしい。そして出来上がった桑苗の半分は必ず俺に売ってくれ。残りの半分は誰に売っても構わないが、年賦で貸した資金は返済してほしい」

と提案し、実践したそうです。

そんなつながりのあったことを、わたしは後々、父、楠雄の選挙で、ある友人の家を訪ねた時に、そこの父親から聞かされたものです。そしてまた、その時世話になった土地が坪あたり何十万円もの価値になり、マンションやらお店になったりしているのだから、隆久君の家のほうには、とても足を向けて寝られないと、しみじみ聞かされたものでした。

その祖父も昭和三十四（一九五九）年六月に狭心症の発作を起こして倒れました。その日は父が干瓢の作業場をつくっていた時で、奇しくも明日が棟上げ式という夜でした。ただ幸いにして発作は治まって棟上げ式は無事に行われたのですが、その後急速に体調を悪化させてその年の十一月十七日にも発作を起こしてそのまま亡くなりました。

豪気な祖父らしく、正座をしたままの最期でした。享年七十歳。

不思議な縁

もう一つ、八十八とやのにまつわる忘れ難いエピソードがありますので、それをご紹介したいと思います。

先にも書きました通り、貧乏に喘いではいましたが、その最中にあっても「いつかまた必ず元の小野瀬家に戻してみせる！」と、八十八もやのも希望だけは失うことはありませんでした。

八十八だけでなく、やのも少しでも家計の足しにしようと、畑で採れた野菜などを荷車に積み、小山の町中に売りに出ました。しかし、行商などしたこともなく、売り方はおろか、売り声すらあげられない状態でした。ただひたすら荷車を引いて、通りすがりの誰かが買ってくれるのを待っていたそうで、同じ場所をぐるぐると回っているだけのありさまだったのです。

そんな様子を、とある店の中から見ている人たちがいました。不審に思ったのでしょう。声をかけてきたのです。

「あんた、さっきから何回も店の前を通っているけど、何をしているの？」

問われたやのは困り顔で、

「家の畑で採れた野菜を売りに来たんですけど、どうすればいいのかわかりませんので、荷車を曳いていれば、いつか売れるんじゃないかと思ってこうしているんです」

と、答えたのでした。するとその店の奥さんが、

「そんなことじゃ誰も買ってくれやしないよ。私が隣近所に声をかけてあげるから」

と、親切心から紹介してくれたのです。

新鮮な野菜でしたので、集まって来てくれた隣近所の人々に好評で、瞬く間に売り切ったそうです。さらには、

「こんなによいものなら毎日持ってきな。みんな喜んで買ってくれるよ」

と言われて、以降、たくさんのお得意さんが一度にできて、やのは商売のおもしろさを実感したのでした。それればかりか、人の優しさ、ありがたさに触れ、本当に嬉しかったと後々まで語っていました。

そうしたことがあってから、やのはその店の主人や奥さんに対して、自分の家の生活のことなどを話したのだと思います。そのうち家同士の付き合いになっていったのです。し

かもその店というのが、栃木屋さんという干瓢問屋だったのです。
先に書きましたが、父の楠雄が干瓢の仲買人をしながら、学費や小遣いを稼ぐことができたのも、こんな縁があったからこそだと思います。

栃木屋の主人、栃木弁次郎さんには、八十八とやのは公私にわたり大変お世話になったといいます。

これも前述しましたが、八十八は働きづめに働き、少し金銭的に余裕ができると、焦りからすぐさまそれを元手に事業を始めます。ところがことごとく失敗し、何度も倒産の憂き目にあうのです。

ある時、倒産して債権者が家に押しかけ、家財道具一切合切を持ち去られそうになりました。このピンチに、やのが栃木屋さんに走って助けを請うたのでしょう。弁次郎さんがすっ飛んで来て、債権者に向かって烈火の如く怒り、怒鳴りつけたといいます。
「お前ら、この小野瀬を殺す気か！　小野瀬は絶対に立ち上がるから、今持ってる物、持っていった物を残らずここに戻せ！」
と啖呵《たんか》を切ってくれたのです。そうして助けられたわけですが、このことを楠雄もよく覚えていて、語っていました。

後年、八十八は成功しました。財をなすと楠雄が干瓢問屋を開業し、小野瀬家の復興への階段を登り始めます。そしていつの日か、栃木屋さんをもしのぐほどになったのでした。一方の栃木屋さんは、不安定な干瓢問屋を廃業し、食料品スーパーに業種転換します。ところが経営がうまくいかず、倒産ということになってしまいました。

この時、たまたま相談を受け、倒産整理にあたったのが楠雄だったのです。大恩ある栃木屋さんにこんな形で恩返しをするのは不本意だが、家族の方々が暮らせる家屋を残すことができたのは、せめてもの救いだったと、楠雄は言っておりました。

不思議な縁ではありますが、栃木屋さんとの出会いがなければ、今日の私があるかどうかも定かではありません。小野瀬家の人間として、この大恩を生涯決して忘れず、語り継いでいこうと思う次第です。

干瓢問屋という商売

ここで今一度、干瓢の問屋業についてわかりやすくまとめておきたいと思います。

干瓢の生産は、七月二十日頃より農家で始まります。問屋業は、昔は七月・八月の二ヶ月で一年間の生活費が稼げるほど儲かったものでしたが、それくらい干瓢という農産物は独特の相場変動がありました。

一年を通してみますと、新物初値の半分になるか倍になるかという値動きがあったので、上手に仕入れて上手に売却すると大きな利益を確保することができました。反対に高値で仕入れてしまうと、売り方次第ではかなりの損も覚悟しなければなりません。

産地の問屋業の流通経路は次のようになっておりました。

生産農家↓仲買人↓産地問屋↓消費地の問屋または商社（東京・大阪・名古屋・京都など大都市の問屋）↓地方都市の問屋↓小売店・寿司屋や昆布店・乾物店↓消費者。

なお、決済は産地問屋が現金仕入れで、売り前は三ヶ月以内の掛売りが常態化していたため、結構大きな資金が必要になっていました。そういう点において、銀行の信用は大きな意味をもっていたのです。

取引についてもいろいろなやり方があり、仕入れに関しては現金、延べ金、そして約束手形での仕入れがありました。ちなみに延べ金というのは、何ヶ月後で期日指定の問屋が約束を記した証文を書くことです。約束手形とは違いますが、その場合は現金での成り行き現在相場よりも高く買うことを約束するのです。

仕入れ先についても仲買人が相手であったり、裸問屋（産地問だけで売買を繰り返す問屋。消費地の商社や乾物問屋などには卸さない）であったり、同じ卸仲間であったりといろいろでした。

農家の庭先に仲買人が買った干瓢をトラックで引き取りに行ったり、そのついでに干瓢の価格を踏まされることもよくありました。

そんな時、同業者の間で使う符丁でやりとりをします。モト（一）・セン（二）・ハラ（三）・ヨウ（四）・ヨシ（五）・ダイ（六）・サイ（七）・スエ（八）・ヒラ（九）・マル（〇）といったもので、例えば「八万三千五百円（八三五〇〇円）」なら、「スエハラヨシマルマル」となるわけです。つまり、売り手の感情を思いやってできるだけ害さずにやるという業者の知恵でした。

また、電卓のない時代でしたので、計算をしたり相場を立てたりするのにはよく算盤を使いました。

大きな五玉の算盤の裏側には板が張ってあり、縦にして使うと特定の人にしか見えません。ですから相場の押し引きには玉を上げたり下げたり、上げる振りをして違う指で下げたりと、いろんな芸当ができたものです。もっとも、いろんな芸当といえば子ども時代の私は、家にあったその算盤をローラースケート代わりにして遊んでよく叱られたものですが。

取引のやりとりはすべて口約束の信用買いで、取引所などもなく、契約書などは存在しません。電話のやりとりで、「いくつ買ったよ」「はい、じゃいくつね。何月頃積みます？」「何日かかるよ」とか、そうやってお互いにノートにつけるだけなのです。

それでトラブルはありません。もし損したからといって売らないとか、キャンセルなんかしようものなら、すぐ業者内に知れ渡りますからどこも相手にしてくれなくなるのです。「小野瀬が泣きに入った（降りた）ぞ」なんてことになると、「あいつはもうあてにならないからダメだ」となります。

みんなお金を儲けるためにやっているのです。利が乗れば売るわけです。Aという人からからＢという人に利が乗るから売る。ＢからＣという人に利が乗るから売る。これを元のＡがキャンセルなどしてしまうと相乗りができなくなってしまいます。

本来ならこれだけ儲かっていたはずが、荷が入ってこないから儲かるはずもない。あるべき流通から壊れてしまいますから、絶対に泣いて（降りて）はいけないのです。

これは余談になりますが、その昔、京都の干瓢市場はうちの独擅場でした。ある時、先物取引をやって相当の利益を出したところ、大負けした京都のお得意さんの旦那衆に誘われ、一献やりましょうと、祇園の有名な一力茶屋に招待されました。たくさんの人に誘われるなどいつにないことで、妙だなあと思いながら父は誘われるまま行ったそうです。

ところがお酒が入って盛り上がった時、突然、お得意さんたちが次の間まで一斉に下がって両手をついて頭を下げるではありませんか。何ごとかと思っていると、勘弁してほしいと詫びて泣きを入れてきたのでした。彼らは接待をして勘弁してもらおうとしたのですが、「二度と飲み会はやらない」と、父は後々まで語っておりました。

一度売買すれば、何があろうが筋を通さなくてはいけません。何倍になろうが半値以下になろうが泣いてはいけないというのが暗黙の了解であり、筋道なのです。そういう意味では非常に男気のある商売ともいえましょう。

ご先祖様の土地

父、楠雄と母、きんの干瓢問屋業に話を戻します。

繰り返しにはなりますが、干瓢の相場は儲かる時は恐ろしいほど儲かって、損する時は恐ろしいほど損をする、そんな博打的な商売だったのです。難しい商売ではありましたが、最初こそ大損をした楠雄も、相場勘が素晴らしく、負けることなくほとんど勝ち続けました。

ところが相場に強過ぎて売った先が倒産し、お金が回収できないという事態が何度か起きています。私が覚えているだけでも昭和三十年代に三百万、五百万といった大口の倒産が立て続けにありました。

昭和三十八年、私が高校一年生だった時に一番大きな倒産事件が起きました。

その時の干瓢は昭和三十六年に三十七・五キログラムあたり四千円で仕入れた干瓢で、千梱《こり》＝三十七・五トンを三年間、宇都宮の冷蔵庫に保管して相場が上がるのを待ったのでした。

保管する際、当時の貸し倉庫は平米あたりで賃料をとったもので、高さについては制限がありませんでした。だから店の人を私と妹も手伝って（というか私が主としてやりましたが）、千個もの荷をできるだけ高く積み上げていったのです。二間はしご（長さ三メートル六十センチ）二本を使って、天井に届くくらいまで積みました。それを三年も寝かすとかなり圧縮されて干瓢もパリパリになりましたが、最終的には四千円だったものを三倍の一万二千円で売却、つまり千二百万円もの大金になったのです。

ところがお金は手形三枚でもらっていたのですが、それがすべて不渡りになってしまいました。相手が倒産してしまったのです。倉庫に積み上げていた干瓢はタダでみんなもって行かれました。

あの時は家中大騒ぎになって、

「個人のものでも何でも押さえて返してもらわなきゃ」

「あんたがそんなところに売ったからだ」

などと両親が大げんかしていたのを覚えています。

何しろ当時の大卒の初任給が一万円にも満たない時代です。結局ほとんど取り返すことができず、大損害を被ったのでした。

その時、先に書いた工業用地の一万坪の土地の買収に応じてお金が入ったのですが、その金額も千二百万円です。土地を手放す時、祖父の八十八はすでに亡くなっておりましたが、タダでご先祖様の土地を失ったと同じ勘定となってしまいました。

ご先祖様に申し訳が立たないと思ったきんは、どんな土地でもいいから一万坪買っておけば多少顔が立つといって、ある二箇所の土地を足して一万坪分買ったのでした。ところがその後三年経って工業団地の買収になり、もともと四百五十万円で買った土地が、八百万円もの買値がついて大きな利益が出たのでした。何が幸いするかわかりません。

考えてみれば、小野瀬家の七十五町歩もの土地はイカサマ博打によって奪われたのです。その後の祖父、八十八の闘いはそれを取り戻す闘いでもありました。きんが「大切なご先祖様の土地」と言った時、その言葉はとても重いものでした。

ただ単に財産としての土地という意味ではないのです。人として誇りと夢を抱いて生きてゆく象徴でもあったのです。

ともあれ、こうして父、楠雄と母、きんの奮闘もあり、八十八の悲願である小野瀬家の復興へとまた一歩近づくことになります。

次代を担うであろう子どもの私は、日々懸命に働くそんな両親の背中を見ながら育ったのです。

第2章　三代目として生きて

私の子ども時代

いたずらばかりしていた私もやがては小学校に入学するのですが、入学式を終えたばかりの初日、喧嘩っ早い同級生といきなり取っ組み合いの喧嘩をしたのでした。相手は爪《つめ》を立てて両手でつかんで来るやっかいな奴で、私は足で蹴ったり手で叩いたりして結果は圧勝しました。

そうしましたら「小野瀬は強いぞ」なんてことになりまして、一目置かれ、みんなが従うようになったのです。昔でいうガキ大将でしょうが、運動もできて、徒競走ではクラスで一番でした。

ところが勉強の方は嫌いでどうしようもありません。

そもそも勉強というものは学校だけでするものであって、家に帰れば遊ぶものだと考えていました。ただ、どういうわけか記憶力だけは抜群によかったのです。それで、一年生の時は教科書をすべて丸暗記しました。

つまり、理解して読むのではなく、どの教科の文章も挿画《そうが》も丸ごと覚えたのです。文章などは先生が読み上げるのを聞いて一発で完璧に覚えました。そういうわけで、小学校一年の時は、自分の名前以外の読み書きができなかったのです。

しかし、一年生の時はよかったのですが、二年生の時にそのことがバレてしまいました。ある日、国語の時間に「このページを読める人はいますか？」と先生が言って、私が「はーい」と手を上げて読んだのですが、先生はなぜか何度も何度も私に同じページを繰り返し読ませるのです。合っているはずなのに、何でこんなに何度も読ませるんだろうって不審に思ったのですが、その答えが後にわかります。

実はその国語の先生が前の授業時間に同じページを読み上げた際、間違って一行飛ばして読んでしまっていたのでした。そうなると丸暗記している私も当然ながら同じように間違えて読みます。それで先生に丸暗記戦法がバレてしまったのです。それで先生は、

「小野瀬君、今どこを読んでいるか指で差しながら読んでみなさい」

と言うのですが、私は暗記しているだけなので指差しができるはずもありません。

ただ、その先生が立派だったのは、後でうちの家に電話をかけて、

「小野瀬君は丸暗記をしているだけで字が読めないようですから、今日から個人レッスンをします。放課後一時間だけお時間をいただけますか」

と母親に頼んでくれたそうです。

そうやってあいうえおから一年生の時の基礎の基礎をおさらいして、すぐにマスターできてことなきを得たのです。ところがそうなりますといい加減なもので、もう暗記なんかする必要もないかと思うようになりました。

つまり、一発集中して覚えるという感性が希薄になっていったのです。これは今にして思えば良し悪しではないかと考えています。

ただ希薄になったとはいえ、集中力は人並み以上に保っていたと思います。

例えば中高生の頃、漢字の書き取りの練習などは一切やりませんでした。漢字の形をじっと見つめて、それから見ないで書いてみる。そういう効率のいい覚え方をしたものです。無駄な時間をかけて書き写して練習するなんてダサいと思って一切やりませんでした。

絵を描くにしても、ジーッと真っ白な画用紙を見つめて集中していると、そこに描くべき線が浮かんできます。馬の絵を描きたいと思ったら、馬の輪郭《りんかく》があらわれるので、それをなぞって描くだけなのです。色も陰影も見えてきて、写実的に描くことができます。それをコンクールに出品するとほとんどが特賞を取りました。

他方、書道をやっていても集中力が生かされました。

私は元来落ち着きがない子どもで、これではどうしようもないと、母親がたまりかねて私を書道クラブに無理やり通わせたのです。毎週土曜日の午後に習うのですが、ご存じの通り書道には等級があり、そのクラブにも七級を最下級に、上は五段、さらにその上に人位・地位・天位という階級がありました。

当然ながら最初などはひどいもので一番ビリでした。それで母親が怒ってしまって筆をもって手取り足取り教えるのです。その甲斐あってすぐに三階級特進の四級になりました。コツを覚えた私は集中力を発揮して、初段までとんとん拍子に昇級して行ったのです。その後二年ほど足踏み状態が続いたのですが、小学校五年生の時に出会った担任の先生が字のとても上手な人で、書を教えてくれたのです。

「小野瀬な、よく見るんだ。どこに力を入れてるか、どこを抜いてるか、どこにスピードがあるか、よく見て書くんだぞ」

と言って教えてもらいました。

するとようやく二段に昇段して、そうなるとあとはポンポンと上がって、最終的には五段の上の人位までになったのです。

ここで私は集中力とともに何かに没頭して結果を出すという喜びを体得したのでした。

そして、優れた指導によっても進歩をするのだと身をもって知ったのです。

このように集中力が大切だという自己体験があるものですから、非効率的なやり方ができないようになり、それは今日までずっと続いています。


私は今現在、幼児教育に携わっていますが、幼児などは読み書きができないのは当たり前なのですから、まずはそうした集中力を研《と》ぎ澄《す》ましてあげることが肝要だと考えて実行しています。

例えば音楽の譜面を読むよりも、音で聴いて覚えて、絶対音感を手に入れる方がいいということです。そうすれば自由に叩いて吹けるようにもなって効率的だし、何より自分の体で覚えるということの実体験が後に生きてくると思うのです。

祖父母や母からはよく、

「お前は勉強しないねえ。勉強しないでもなまじっかできちゃうからまずいんだ。お前みたいな子は一度こっぴどいめに遭った方がいいんだよ」

などと言われたものですが、結局そういうめには遭いたくても遭わないままでした。

それが私の人生だったのですが、そういう体験が後に幼児教育に生かされたわけです。

ただ集中力というのは特殊能力ではなくて、誰にでも備わっている能力なのに気づいていないだけだと思います。

勉強でも仕事でも集中力というものが生きる力の土台なんだから、それを伸ばした方がいいと身にしみて感じるわけです。

ちなみに私自身の性格的なことを申しますと、幼い頃から臆病で怖がりでした。暗闇が大嫌いだったのです。

寝る時も電気が点いていないと眠れませんでした。もちろん夜中にトイレなんか一人では絶対に行けません。妹を起こして「おい、トイレに行こう」と誘うのです。そうやってトイレで用を足していても、後ろに誰かが立っているようでビクビクしていたのを覚えています。

ある友だちの家に遊びに行った際、遊びに夢中になりすぎてすっかり夜になってしまったことがありました。その家の周りには鬱蒼《うっそう》とした竹藪《たけやぶ》があって、そこを突っ切って行かないと家に帰れません。私が怖がっていますと、その友だちが送って行くからと、ついて来てくれたこともあるほどでした。

ところがその反面、幼少期からすでに気骨といいますか、反骨心に目覚めていたと思います。人に何かを指図されてやる、やらされるのが苦痛で仕方がないのです。自分自身の力で切り拓いてゆく姿勢が身についていました。

これもまた小野瀬家の血といいましょうか、祖父、八十八のような熱血漢は小野瀬家のDNAかもしれません。

中学と高校時代

さて、勉強は好きではないと申し上げましたが、幸いにして人並み以上の集中力を得て、さらに中学ではよい恩師との出会いがありました。

越境入学で茨城県結城市にある中学に入学したのですが、一年の担任が国語の先生で、小柄でとても教え方が上手で優しくて感化されました。この先生とは今でも懇意にしてもらっています。

また、二年生の時には山登りの大好きな女性の国語の先生に可愛がられて、国語が大好きになって学年で一番になりました。

ちなみに私たちの時代は九科目で九百点満点でした。試験のあとにはこれを一番から二百番までを貼り出すのです。今では考えられませんが、この結果によっては励みにもなるし屈辱にもなります。私の場合は試験の前には得意な科目はやらないで苦手な科目だけ重点的にやろうという考え方でした。

さて、数学に関してはもともと得意でしたので、教科書を勝手にどんどん読み進めて行って、わからないところが出てくると虎の巻（参考書）を脇に置いて独学で勉強して身につけていきました。そうしますと夏休みが終わる頃には教科書を全部終わって、おもしろいからもっと難しい問題にチャレンジしたりしていました。

ある時、それは中学二年の数学の授業時間のことですが、授業内容をすでにマスターしていた私は勝手気ままに別の難しい問題を解いていました。ところがいつの間にか数学の先生が私の後ろに立って、頭越しにジーッと見ているではありませんか。「お前、何違うことやってんだ」と、てっきり叱られるものだと思っていますと、

「お前、それわかってやってんのか」

と、先生は聞くのです。

「わかります。おもしろいんです」

と私が答えると、

「じゃ、これをやってみろ」

と、先生は問題を出すのです。

私がそれを解いてみせると、

「うん、わかってるな。じゃいいや。授業やらなくていいからどんどん先をやれ」

と先生は言ってくれました。

ありがたいなと感じましたが、そんなふうに言える先生もまた立派だと思います。

そうこうするうちに高校受験が迫ってくるわけですが、私個人はまったく意識しておらず、関心もありませんでした。ただ父親や母親の勧めるままに栃木高校の受験を決めました。私にしてみれば栃木だから栃木高校かといった程度のノリでしたが、それを担任の先生に言いますと、

「まあ大丈夫だと思うけど、よっぽどがんばって勉強しないと、油断してたらヤバイかもしれないぞ」

などと脅すように言うのです。

そんなものかと思い、私はそれから少しくらいは勉強しておこうと、朝の三時に起きて

受験勉強をしました。なにぶん体質的に夜は眠くてダメなので、そうやって朝早くにやったわけです。戸をガラッと開けて冷たい空気で頭を冷やしてやったのですが、それが効果てきめんで、成績はうなぎ上りとなり、先生からも太鼓判をいただきました。

無事に合格をして高校進学を果たしたのですが、入ってみてびっくりしたのはその高校が典型的な進学校だったということです。聞けば全員が大学への進学を希望していて、中学時代はそれぞれ一番とか、三番はくだらないとか、そのような成績優秀な学生ばかりが集まっていました。

なんだそんなことも知らないで入ったのかと言われそうですが、それほど私は勉強には興味がなかったのです。

一学年が七クラスあって、全員で三百七十七、八人だったかと思います。そこでも試験のたびに順位が貼り出されるのですが、名前が載るのは五十番以内という厳しさでした。私は特に音楽や体育、技術家庭といった科目のペーパーテストが苦手で、入学時は二百四十番くらいでした。だいたいそんな実技科目は実技が得意ならそれでいいだろう、理屈じゃないんだという理屈を自分で勝手につけていたので無理もありません。

父親などは「一橋大学に行け」などと無責任なことを言っていましたが、何せ本人に大学への関心がなかったもので、ただ行きゃいいだろうという程度にしか考えていませんでした。一年の時はよくても百番くらいで下手をすれば二百番くらいになります。

ただまあ反骨心というか負けん気は人一倍強かったものですから、数学が得意だった自衛隊に行っている叔父がいたのですが、高校二年になる時にその家に泊まり込みで数学を必死に勉強しました。

そうしますと二年のテストを受けて発表になる前に担任の面談があるのですが、

「今回の出来はどうだった？」

と聞くので、

「この前と同じくらいでダメですね」

と答えると、

「そんなことねえぞ。お前今回は五十番に入るかもしんねえぞ」

と言うのです。

前と同じくらいの点数で、そんなはずはないと私は思いました。それを先生に言いますと、

「今回はみんな出来が悪くて、半数が０点だ」

と言うではありませんか。

私は期待に胸を膨らませて掲示板を見たのですが、五十番以内に入ってはいませんでした。実は五十一番だったということが後にわかり、この次には絶対に入ってやると闘志に火が点いたのです。そして勉強を続けて二回目のテストでようやく三十番台となったのでした。

ただ、今にして思うのですが、勉強をすれば誰だってできるとなれば私の価値観からすればつまらないと。それより自主勉強をしないで学校の勉強だけで間に合わせるところに価値があるのではないか、やたらと詰め込みで覚えたってしょうがないんじゃないかと、そんな発想をしていました。

ずいぶん乱暴にも聞こえるかもしれませんが、私にしてみれば何か問題や課題を与えられ、受け取ったならば、それをどうやってこなしてやろうか、工夫して加工してやろうかといった思考の方が大切なのだと考えていたのです。

さて、高校の三年間もあっという間に過ぎ、大学受験を迎えることになります。私の第一志望は東北大学経済学部でした。高校で五十番以内であれば余裕で入れるはずだったのですが、その年から私が最も嫌いな物理が必修で試験科目に入ってしまったのです。それで東北大学は諦め、私立大学に進学することに決めました。

浪人という選択はまったく眼中にありません。なぜなら、いずれは自分で事業を起こすのだから、いい大学、いい企業に入って幸せの青い鳥を捕まえようなどという発想は皆無だったのです。

とにかく独立独歩、自分の力で一家が食べられるようにしたいという考えでした。

小野瀬家の帝王学

独立独歩、自分の力で何かを成し遂げるという考え方は、やはり小さい頃から学んだ帝王学の影響だったと思います。

幼少期から寝物語で、祖父母から小野瀬家のご先祖様がどれだけ苦労をしたのか、第1章で綴ったような話をしてくれていました。この家は昔からこうやって苦労を重ねてここまでたどり着いたんだといった内容です。

そうなれば自然と私は、

「お前が三代目なんだから、次に何をやるのか、よく考えて行動しろよ」

と言われ続けて育ったようなものなのです。

小学生の頃から従業員たちと一緒に農業をやったり、干瓢の荷造りなどをやっていました。縄の結び方もすぐに覚えました。そんな中で親や番頭さんから、組織のトップというものは、どう過ごさないといけないのかといったことを学びました。

親たちが一生懸命になぜ私に教え、伝えようとしたのか。その根底には、苦労してようやく復興の道筋をつけたのだから、それを三代目に潰されてたまるものかという気持ちがあったと思います。こいつさえしっかり育て上げれば三代も続いて、その先も安泰になると。財産などはいくらあっても使えばなくなります。そうではなく人をちゃんと育てることが大事だと、ご先祖様や親たちは見抜いていたのです。そして私が小さなうちから、トップはいかにあるべきかということを叩き込んだのです。

「いいか、仕事をやる時には、ここがやりづらいな、一番難しいなというところを主人が率先してやらなきゃダメだぞ。部下たちには簡単なところをやらせるんだ。簡単なら仕事が捗るし自信にもなるだろう？　とにかく主人は部下と同等以上にやれ」

こんなふうに仕込まれました。

例えば稲刈りをするにしても、普通に立って伸びている刈りやすい稲を刈ってもダメだと。「やるなら倒れている稲を刈れ」と言うのです。

ただし、それを実行しようとすると頭を使わないではいられません。ただ教わった通りではなく、どう工夫をすれば早く、きれいにできるかということに知恵を絞るわけです。理屈ではなく、自分の体で覚えていくのです。

稲刈りなどは誰よりもうまく、早くやらなければなりません。六、七人で並んで一斉に刈るのですが、私は一番後ろに入り、みんなを追い立てるように素早く刈るのです。そうすれば全体のスピードが上がって効率化が図れます。

もっとも従業員の人たちからは、

「隆ちゃんに入られたら足を切られそうだよ」

などと言われたものでした。

人の上に立つ者は、何でもできるようにしておかなくてはならないというしつけも受けました。

それから、「段取り八分」と言って、主人というのはあらかじめこうしてこうなるという段取りをつけておくのが仕事だとも言われました。それがきちんとできていないと、時間が無駄になるだけだと。十人の人が三十分ずつ遊んでしまうと三百分もの時間が無駄になる。三百分なんて何人分の手間になるのかと、具体的に数字をあげて教わり、鍛えられたものでした。

「主人というのはな、部下に対して自分が考えている半分以上の要求をするな。時には三割しかできなくても我慢しなくちゃいけないんだ。七割も八割もできるような人が、お前の下なんかにはいつまでもいないからな」

とも申しておりました。それと同時にこうも言いました。

「理屈で人を使うようじゃダメだ。人には情というものがある。その情で働いてもらうように生きていかないとついて来ないぞ。金を払ってるんだからって、どんどん仕事をやらせようなんて考えをもっちゃダメだ」と。

そしてそうしたことを常に念頭に置きながら、

「部下たちや関わっている人たちがピンチになった時には、自分ができる最大限のことをしてあげなさい」

と言うのです。

期待などはしてはいけないけれど、そうすれば自分がピンチになった時でも二倍、三倍になって、有形無形の形で返ってくるというのです。それは祖父母や両親が身をもって経験して得た生き方であり、私もその薫陶を受けて育ったのでした。

いわばこれらが小野瀬家の帝王学ともいえるものです。そして今現在、その帝王学によって支えられ、充実した日々を送っているといってもよいのです。

大学で学んだこと

さて、大学受験の話に戻ります。

進学先を私立大学に定め、いろいろ考えたのですが、第一志望を慶應義塾大学、第二志望を明治大学に決めたのでした。五十番以内の成績であれば慶應なら行けるという目算があったのですが、ところが思わぬ落とし穴が待っていたのです。

受験日の一週間前、私は東京に住む叔母の家に泊まり込むことにしました。そこで東京にも慣れ、コンディションを整えて試験に挑むつもりだったのです。

ところが叔母の家というのが東中野で、中央・総武線の線路近くに建っていたものですから、夜、ひっきりなしに行き来する電車の音で眠れなくなってしまいました。

もともと夜の勉強は苦手な私です。早々と寝床につくのですが、ウトウトし始めるとガーッと電車の音がして目が覚めます。こんな時、まったく田舎者というのは可哀想なものです。ろくに眠れないままとうとう試験の前日になってしまいました。

たまりかねた私は叔母にそれを打ち明け、

「なんかいい方法はないかな?」

と相談しました。

そうしますと、叔母は私を薬局に連れて行ってくれました。そこで「これを飲めば眠れるから」と、精神安定剤を処方してもらって飲んだのです。ところがそれでも眠れません。翌日、最悪のコンディションのままで試験会場に向かいました。

最初の方の数学や国語の時間はなんともなくて無事に終えたのですが、社会の試験になった時、頭が混乱してきてボーッとなり、居眠りを始めてしまったのです。社会などは暗記問題なので高得点を取るのが当たり前です。それをしくじったのですから致命的でした。結果は不合格で、後に調べてみれば合格点にわずかに足りなかったようです。皮肉なことに、試験が終わったその晩はぐっすりとよく眠れました。

そして次の日、明治大学の試験を受けたのですが、こんな問題で落ちる人がいるんだろうかと思えるほど簡単でした。


そうやって私は明治大学に進学して通うようになるのですが、そこでも思いも寄らないアクシデントが待ち受けていました。

時は昭和四十一（一九六六）年です。そう、われわれ団塊の世代にとって、学費値上げ反対に始まった学生運動真っ只中という時代でした。入学して一年生の夏休みからストライキが始まり、二年が始まり授業が再開されたものの、三、四年の時にもストライキで授業での勉強などできる状態ではありませんでした。

しかし、あの当時は今では信じられないほど、学生たちは日本という国をこれからどうするのか、私たちに何ができるのか、と真剣に考えていたものです。

ある者たちは革命を夢見て、またある者たちは体制内改革をやろうとか、それぞれにいろいろな思いを抱えていました。

私自身は根が天邪鬼《あまのじゃく》なものですから、人が右と言えば左、左と言えば右という人間で、同じようにやるのが嫌で学生運動にのめり込むこともありませんでした。ただし、「敵を知り己を知れば、百戦して殆《あやう》からず」ということで、みんながのめり込んでいるものもマスターしないといけないと思い、勉強はしていました。

他方、将来を見据えた時に、仕事をして同じ食べていくのでも、人に喜ばれる、感謝されることをしながら、自分の理想を求めたいなどと考えておりました。とにかくどう生きるのか、何をやろうかと、その答えを見つけるための大学四年間だったと思います。時代背景もあるのですが、普通の学生のようにただ授業に出て勉強して単位を取るみたいな発想にはなりませんでした。

ストライキで授業もないわけですから、下宿でひたすら本を読んでいました。とりわけ三人の友人たちと勉強会をやろうということで、哲学、政治、経済を中心にして読んだのが大きな学びになったと思います。

マルクスもレーニンも、スターリンも毛沢東も、ヘーゲルもフォイエルバッハ、ハイデッガー、ニーチェなども濫読といいますか、片っ端から読んだのです。しかも私の場合は天邪鬼なので、その対極にある本までも読んだりしました。

今にして思いますと、そういう時間をもらったということは、その後に自分が生きていく中で大いに役立ちました。つまり、深く物事を思考する、深読みをするということにつながったのです。

例えば自分がこういう方向性で、こういう目標をもって行動をしようとした時、ひと通りのシミュレーションをするのでは飽きたりません。いろんな角度から見て、こうなったらこうなる、ああなった場合はこうしようと、ガッチリと固めてから実際に行動を起こすのです。

こうなりますと、だいたいのリスクは想定していて、何が起きても読み筋に入ってますから動揺しないで対処できます。他の人から見れば間違っているように見えても、私にしてみれば想定内なので間違いには入らないのです。

余談ですけれども、私は長男ですが、だいたい長男や長女（一番上）というのは傾向としてグズでノロマで臆病でどうしようもないものと思っています。こういいますともうどうしようもないような性格に思われるでしょうが、実はこれはとても貴重な性格なのです。つまり、先に申し上げたように、読みが深い人間ができるのです。

失敗したくないから、痛い思いをしたくないから、先を読んで読んでそれからゴーサインを出す。石橋を叩いてもなかなか渡らない。だから事業で成功する人は長男長女が多いのです。

逆に次男や三男というのは二番手三番手ですから、長男のような学びはなくて、むしろ兄や姉の失敗を見ているだけです。失敗に対する対処はわかるのですが、自分の力で先を読まなくてもいいのです。

長男はある意味開拓者ですから、いたずらをして叱られ、失敗もするといった育ちなので、先の読みが深いので、事業には失敗しない。次男、三男は無鉄砲なので、当たるとすごいが失敗したら奈落の底に落ちるというわけです。

幼稚園でもときどき園児のお母さんが、

「本当にうちの子はグズでノロマで嫌になっちゃいます」

と愚痴まじりに言われることがありますが、そんな時、私はこう答えるのです。

「お母さん、それは心配ないよ。実は私もそのグズでノロマなんだ。だから幼稚園の園長くらいにはなれるよ」と。

そうするとお母さんは安心するのです。

ちなみに私の言葉を裏付けるように、私の妹はまったく逆で、思い立ったらエイヤーッと行動します。それで後になって「どうしよう？」なんてことも起きるわけです。まあ行動力という意味においては妹の方があるといえばそうかもしれませんが、一長一短あるものです。

学生生活の話に戻りますと、もう一つ、思い出深い体験をしたのが大学四年の時に行った海外旅行です。渡航先はインド、イタリア、スイス、フランス、ドイツ、イギリス、それからソ連とハンガリーという共産圏でした。共産主義国の実態とはどのようなものなのかという興味があったのです。

モスクワの広場に行った時、「あ、この国は潰れる」と感じました。その場にいる市民は寛《くつろ》いでいるのではなく、人生に疲れ切った暗い表情をしていて、人間としてもう死んでいるようだと思ったのです。

ところが同じ共産圏でもハンガリーに行くと、まったく違った様相を呈していて、人々がいきいきと生活しているのです。

当時はまだ共産圏がユートピアだといわれた時代です。要するに行き詰まってしまうと、頭で考えたようにうまくはいかないとわかったのでした。

経済もそうですが、ただロジックで攻めて明快な答えを引き出せるというものではないのです。世の中は人間を中心としてまわっています。しかも人間には感情というやっかいなものが備わっているのです。その感情によって右に行ったり左に行ったりする。数字でピタッと割り切れはしません。

理屈ではそうかもしれないけど実際はそうではないという、その誤差がかなり大きいのではないかと最近特に強く感じるのですが、そういう感受性の萌芽が海外旅行などを通してすでに生まれていたといえましょう。

ともあれ小中高など比較にならないほど、私個人としては、大学時代が一番勉強をしたと思います。仲間たちと熱く青臭い議論をやりながら、わからない点が出てきますと教授のところに押しかけて、教えを請うたりしていました。

そうやって必死になって自分を確立する道を探るのですが、答えなど見つかりません。そこでもっと学びを深めたいということで、大学院に進んで、ゆくゆくは大学教授を目指そうと考えたわけです。

それでいよいよ就職という時期になり、両親を前にしてその話を打ち明けました。ところがもう怒られたのなんの……。

「お前、大学教授の給料でみんなを食わせていくことができると思ってるのか。月給を十万も取れるならやれ！　そんなんじゃ税金すら払えねえぞ！」

その当時、大卒の初任給は三万五千円ほどだったと思います。そこまで言われるとこっちはグウの音も出ないわけです。両親にしてみれば、私の申し出はここまでの我が家の苦労を水泡に帰すつもりなのかといった思いだったに違いありません。

そもそも両親は、私が大学を卒業したら伊藤忠のような商社や乾物屋で修業させるつもりだったようです。しかし私という人間は人を使うのは上手ですが、使われるのは下手くそです。そんなところへ就職したとしても、いずれは上司をぶん殴って辞めるのが関の山で、時間の無駄というものでしょう。

というわけで渋々方向転換をして、実家の干瓢問屋の手伝いを始めたのです。私としては先のことは働きながら考えようという腹づもりでしたが、意外にはまってしまい、長く働き続けることになったのです。

干瓢相場の恐ろしさと醍醐味

こうして干瓢問屋の仕事を始めたのですが、一年目から試練の年となりました。干瓢の相場は十貫目いくらという立て方をします。その年は、十貫目一万四、五千円でスタートしたものが九千円になってしまったのです。通常、商品というものは宣伝文句として「安い」というのは威力があるのですが、干瓢の場合は安いと不思議に売れないのです。要するに「いい商品」が安くなってしまっているわけですから、その下のランクのものは余計に売れないというわけです。人間はないものは欲しがりますが、数多くあると欲しくなくなるものなのです。

それでもなんとか在庫を捌かないといけないということで、仲買人に市場へと連れて行ってもらい交渉することにしました。朝の三時にトラックに満載して走り、市場とか乾物屋をまわって静岡あたりまで行って転々とするのです。

「指値（依頼者側が価格を決めること）するなら置いていかないでくれ」などと言われながらまわったことを思い出します。

寿司屋さんにもいろいろ行ってみましたが、ようやくある店で一つ買ってくれるというので一箱（二十キログラム）用意しようとしたら、いざ蓋を開けるとたった二キロ分だとわかり、ガッカリしたこともありました。それでも静岡の乾物問屋では二十箱くらい置いてもらえたりしました。

そしていったん引き揚げて、一ヶ月後に集金に行くのですが、結局は半分も売れませんでした。たまに「全部売れました」などと言ってくれるところもありましたが、涙が出るほど安い金額で売っていたりしていました。

そうこうするうちに一年の試練を乗り越えました。

ただその間、何もしないで耐えていたわけではありません。当時私は月に十万円の給料をもらっていましたが、なにぶん実家暮らしなので、そのうちの八万三千円を貯金にまわしていました。それで一年が経つと百万円のお金が貯まったので、そのお金でその年の三月に入ってすぐ、干瓢を一梱九千円のところ一万円で、トータル百二十梱買ったのでした。それが後に一万五千円にまで上がったのですが、ちょうど父親の市議会議員の選挙を手伝っていてそれどころではありません。すると八月には二万円になり、結局父親に買ってもらって百万円もの利益を得たのです。

こうして相場を読むということに関して肌で覚え、自分なりに成長を遂げていきました。先に深く思考する、物事を読むという私の性質について書きましたが、こうした明日をも知れない相場を読むことでもさらに鍛えられ、先見性に対する感覚が鋭敏になっていったと思います。

そのことを証明するような、忘れ難い劇的な相場があります。

それは私が妻、利恵《としえ》と見合いをして結婚を決めた、昭和四十八（一九七三）年のことです。この年の干瓢相場は前代未聞の大波乱となりました。

覚えておられる方も多いと思いますが、この年はいわゆるオイルショックのために様々な憶測が流れ、世の中ではトイレットペーパーがなくなる、洗剤がなくなる、油が高騰するといったパニック状態になったのです。

干瓢の生産は例年通り七月から始まりました。最初は一梱三十七・五キログラムが二万五千円からスタートしたのですが、いったん上がってすぐに下げ相場となり、二万三千円まで値を下げました。私はこの間ずっと仲買人たちのもとへ買い付けにまわりながら、干瓢の生産状況を聞いていたのですが、ある仲買人から思わぬことを聞かされたのです。

「今年の干瓢はとんでもないことになるぞ。今は誰も信じないだろうけど、見ていなよ。今に誰も、俺にだって想像つかないような相場になるよ」

「それじゃあ三つ十万くらいのことにでもなるのかい」

と私は聞いたのですが、この三つというのは三梱ということで、そうなると一梱が三万円を超えるのです。干瓢が栃木県に伝わってからというもの、三万円を超えた相場は、当時は記録として残っていませんでした。

するとその仲買人は、

「そんなのハンで捺《お》したようなもの（決まったこと）だろうな。未知の相場になる」

と言い放ったのです。

つまりは、未曾有の大凶作になるということでした。私はにわかには信じられず、おそらく高く買ってもらいたいがための駆け引きをしているのだろうというくらいにしか、当初は思いませんでした。ただ仲買人があまりにも自信たっぷりに語るので気になり、生産者の畑を注意深く見てみようと考えたのです。

毎年何度かは生産地全体を見てまわるのですが、この時は小山地区と結城地区を中心に、入念に見ていきました。そうしますと、素人目《しろうと》にもはっきりとわかるほど干瓢の木が真っ黄色で、まるで弦上げ寸前の様相を呈していたのです。こういう状態になりますと夕顔の出来は悪く干瓢は不作となります。

ここで私は腹を括って買いに転じました。三万円以下のものはすべて買うと決め、他の問屋に先んじて買いまくったのです。結果、およそ三百梱もの在庫をもちました。父などは最初の頃は、

「干瓢の歴史からいって三つ十万円なんて相場はあり得ないんだから」

と、私が仕入れに奔走している姿を冷めた目で見て、バカなことをしているなというくらいにしか考えていませんでした。

ところが八月に入ってすぐに「三つ十万円の相場」が実現してしまい、なんと三万三千円の高値がつけられたのです。

そこで私はいったん利を得ようと、

「大相場だから売ってくれ」

と父に頼みました。すると父は、当初私が言っていたことが現実になったことから、

「よし、俺も畑の様子を見てくる」

と言い、まだ夜明け前の早朝三時頃に起き出して、母と車で偵察に出たのでした。

そして七時頃に帰宅するなり、

「隆久、お前の言う通りこれは大変なことになる。三万三千円では止まらんぞ。まだまだ買いだ。売り物があったら値をつけて全部買うんだ」

と言うのでした。

私としては三万三千円売りという気持ちでしたから、ここで「買い」に出るのは今までの利益がフイになるようで、気が進みませんでした。それで父が盛んに「買え」というのにグズグズと先延ばしにしているうちに、お盆に差しかかる時期に四万円にもなってしまったのです。

さすがにもうこれ以上にはならないだろう、十分に利が乗ったと勝手に判断をして、父に売ってくれるよう懇願しました。ところが父は売らないばかりか、

「今年の干瓢（相場）はどこまで上がるかわからんぞ。このお盆中に値が定まってしまって、お盆の間しか売り物がないだろうからどんどん買え。ここからはプロの勝負だぞ」

と息巻くではありませんか。

ところが私は根が慎重なものですから、積極的に買いにまわらず、向こうからもって来られるものだけを仕方なく買っていました。これに痺れを切らした父は、もう息子に任せてはおけないとばかりに自ら仲買人をまわって買い付けを始めたのです。

父は落ち着く相場を五万円と睨んで、「そこまでは買いだ」と言いました。当然ながら需要のある地域からも凄まじい買い付けが入ります。ですのでそれ以上に仕入れをしっかりやらないと在庫が赤字になりかねないのです。

私も消極的ながら、父が買い付けた干瓢をトラックで引き取ってまわりました。父は久しぶりの大勝負とばかりに燃えに燃えている印象でした。

果たして、お盆が済むと父の予想した通り、売り物がめっきり減ってしまったのです。さすがはプロ、私とはキャリアが違うと痛感させられたものでした。そしてその時から私はまた、本気になって仕入れ（買い）を始めたのです。

私は父よりも、誰よりも多くの在庫を抱えている仲買人を知っておりました。熟考した末に、四百梱ほど在庫をもつ仲買人に目をつけたのです。

夜の八時頃、その仲買人のもとを訪れ、現金相場で五万円まで買うつもりで勝負に出ました。とはいえ、いきなり「現金相場五万円で」とやると、足もとを見られて逃げられる恐れがあります。差し障りのない世間話をしながら切り出すタイミングを見計らっていました。

そうこうするうちに仲買人の方から、

「小野瀬さん、干瓢を買いに来たんだろう？　俺もさ、ちょっともち過ぎてっから、一度利食って出直したいんだよ。それでさ、これくらいで買ってくんないかな？」

と言ってきて算盤を立てて見せるのです。

結果、提示額は五万円でした。その時の相場は四万五千円です。内心は現金相場も想定しつつ、ダメもとで、

「まさか、現金でって言うんじゃないだろうね」

と言ってみました。

「じゃあよ、何月の支払いならできるんだ？」

「そうさな、高い金利にはなるが、来年一月ならどうだ」

「今は八月半ばだ……十二月末の手形決済で手を打たんか」

というわけで手打ちとなったのです。

私にしてみれば現金買いも辞さない覚悟でいましたから、意外な展開にこっちが驚かさ

れ、「まさしく大勝負になるぞ」と興奮したものです。ですがそんな感情は一切顔には出さず、できるだけ平静を装いながら、

「ところでさ、数はいくつ売ってくれるんだ?」

と尋ねました。

「車に積めるだけもってけよ」

というわけでいったん引き揚げ、暑くならないうちにと、その翌朝の午前三時に荷を引き取るために先方へと再び向かうことになったのです。

その当時小野瀬商店の使っていたのは一トン半のトラックです。これではせいぜい七十梱ほどしか積めません。そこで私は親戚の建設会社から二トントラックを借りてきて、弟の和良と一緒に乗って出かけたのです。

トラックに積めるだけ積むということで、合計五・二トンもの量を巧みに積んで店に帰って来ました。そしてその日の夕方には約束の手形をもって仲買人のもとを訪ねたのです。訪ねたついでにもう少し買い足そうと考えていたのですが、その時すでに各問屋五万円の現金払いで買い付けが入っていたのでした。

勝負事だから仕方がないとはいえ、やっぱり現金に直してくれと言われはしないかと、

ちょっと気が引けつつ恐る恐る敷居を跨《また》いだものです。まあせめて埋め合わせに高値で少し買ってやろうかなと思っていたところ、その仲買人曰《いわ》く、

「この勝負は俺からもちかけたことだから、負け惜しみでもなんでもなくてちっとも悔しくないいんだ。小野瀬さんに思い切って買ってもらったおかげでよかったと思ってる。なぜかって小野瀬さんはいつもと違う二トン車で来ただろ？ それで自信がついて、あの後で急いで畑に出て売っただけ、売り相場以下で集めちゃったからね。ちっとも悔しくないばかりか、二度儲けさせてもらうチャンスが開けたんだ。売ってみて初めて自信ができるもんなんだ。これからもよろしく」

と言うのです。

その年は大量に荷を集める能力の長《た》けたその仲買人を主力にして展開し、常に他の問屋に先んじて相場をつけて買い付けたものでした。

また、別のもう一人の仲買人には値付けを任せて、二度ほど五百万円の現金をもたせ、農家をまわっての買い付けを頼みました。その結果、この仲買人は金回りのいい人だということで農家の信用が一気に上がり、商売がとてもやりやすくなったのです。

結局この年の相場がどうなったかと申しますと、五万円が六、七、八、九、十万円にまで跳

ね上がり、途中、少しの足踏みはありましたが、十一万円、十二、十三、十四万円ときて、十二月には十五万五千円と、上がりに上がったのでした。本当に夢を見ているのではないかという状態だったのです。最終的には実質四ヶ月の間に五千万円以上の利益を確保したのでした。その当時、校長先生の月給が七万円という時代です。

ところで年が明けての一月十四日には、利恵との挙式が控えておりました。母が、

「これから一ヶ月間は商売どころじゃないぞ」

と言い出し、こんな大相場だから在庫を全部処分して売ろうということになりました。

ところが、仕入れ値の単価十五万五千円以上で売り抜ければ何の問題もなかったのですが、いざ売ろうとすると高すぎて見合わせるという声が多くてなかなか売れませんでした。いったいいくらなら売り切れるのかと父に確かめてもらいますと、十三万五千円なら買うというお得意さんがいるというのです。そこで全在庫の百五十梱を売り切り、一梱あたり二万円、トータル三百万円の損を覚悟で年末に売り切ってしまいました。

結局この相場は、年明けに半値の七万五千円に下がります。しかし一ヶ月後には十万円となり、相場を読み切った父が七万五千円で仕入れておいた干瓢を売ったために、年末に損した三百万円を取り戻したばかりか利益をも確保したのでした。まさに名人芸の商売だ

といえましょう。

金儲けのお話ばかりで恐縮ですが、ただこれらは私や両親だけの力によって得た利益ではありません。小野瀬商店の従業員全員の働き、貢献があってこそです。そこでその年度の夏と冬の賞与には、例年とは違う方法を用いました。夏は例年一・〇ヶ月分くらいですが、それを一・五ヶ月分にして、冬は勤続年数一年につき一・〇ヶ月分の割合で支払うことにしたのです。

祖父の代から四十年も勤務する番頭さんなどは、四十ヶ月分という大金を手にしました。平均すれば二十六ヶ月分の賞与となったわけです。中には感極まって涙を流す従業員の方もいましたが、こちらとしては長い間零細企業に勤務してくれたせめてものお礼という意味合いもありました。さらにはその後、決算を目前にしてもう一度決算賞与を支給することもでき、小野瀬商店始まって以来の大盤振る舞いとなったのでした。

世間ではよく「人が増えた時にはよいことがあるものだ」といわれますが、まったくその通りで、利恵が嫁いで来た年、一世一代の大勝負をやってのけることに成功したのです。

ともあれ私は干瓢相場にはその後も長年にわたって参戦するわけですが、読み筋や勝負勘、行動力や度胸も鍛えられ、幼稚園を経営するにおいても大変役に立っていると考えています。

お見合いをめぐって

さて、ちょっと猛々《たけだけ》しい相場の話が続きましたので、息抜きというわけでもありませんが、少し柔らかいお話をしたいと思います。

先にも書きましたが、私が結婚したのは昭和四十九（一九七四）年です。それより以前に幼稚園経営を思い立つわけですが、その時私はまだ二十四、五歳と若いものですから、幼稚園の若い先生なんかとあらぬ噂を立てられても困るというわけで、身を固めることにしたのです。「誰かいい人を探してくれ」と、親に頼んだのです。

そうしますと一度に七つくらいの縁談が寄せられたのです。あの頃は本当にいい時代でした。私の基準ははっきりとしていまして、事業家の妻となるにあたってまず気立てがよくて知的であること、次に健康であること、そして親と同居できるというその三つの条件がクリアできることでした。知的という中には、ちゃんとした礼儀作法、所作ができることも含まれています。

奥さんが素晴らしい家庭は円満だとわかっていました。ただ、顔で決めるのはダメだと決めていました。人間はよる年波には勝てません。お互い同じように爺さんと婆さんになるのですから、容姿などあまり意味はないのです。

そしてお見合い相手に選んだのが、杉田利恵という女性でした。彼女の実家は酒造りをしており、父親、房吉は教育委員であり醸造家でもありました。母親の実家は薬種問屋でした。房吉は栃木中学から横浜国立大学に進学し、卒業後に慶應義塾大学に入ります。そこで陸上部の短距離選手として活躍したそうです。ちなみに百メートルを十秒七という記録で走り、栃木県では最速でした。

利恵は長女でしたが、上に兄が二人（一典・實）がおりました。兄たちも利恵も私と同じ明治大学出身です。ただ利恵は短大で、昔の田舎では嫁に行くのが遅れるということで、女性を四大へは行かせないのが普通でした。今では考えにくいですが、高卒の女性なら二十二、三という歳で嫁ぐわけです。その時彼女は二十五歳で、親としては相当焦っていたのでした。

というわけで縁談話がとんとん拍子に進んで、いよいよお見合いをしましょうということになり、ある料理屋で親と仲人を交えて会ったのです。よくある話ではありますが、「二人だけで話をすれば」となり、私は彼女をドライブに連れ出しました。

まず筑波山に登っていろいろ話をして、まだ話し足りないと思って鬼怒川の土手へと行ったのです。そうすると魚が大好きだということがわかりました。実家の前には巴波川《うずま》が流れていて、子どもの頃は網をもって魚取りをしたといいます。

私も投網などをして魚を取るのが趣味で好きでした。ソフトボールとかキノコ採りとかいわゆるアウトドア派だったのですが、彼女もそうだというので大変気が合ったのです。

その帰り、彼女を実家まで車で送ったのですが、お母さんが「上がってお茶でもどうぞ」と言うのでご馳走になりました。私は実のところ、お母さんの話が聞きたいと思っていました。いったいどういう教育、しつけをされてきたのだろうと興味があったからです。そうしますとよくできた親御さんで、これなら大丈夫だと確信したわけです。

私が家に帰りますと、仲人から電話がかかってきました。

「いかがでしたか？」

「よかったです。お願いします」

と私は即答しました。

ところがそれを聞いていた両親が、

「(今日の今日に決めるなんて) お前、軽率じゃないか。一生のことだぞ」

「あと二、三回会って、よく考えてから決めてもいいんじゃないかい」

と言うのです。

その時私はとても熱くなったのを覚えています。

「そんな自信のねえ人を俺んとこにもって来たの? この人がいいからって言うから会ってみたんじゃないか。そんなの何回会ったってわからないよ。人間なんてそんな簡単なもんじゃない。一生かかってわかるようなもんなんだよ。親父だってお袋だって顔も見ずに一緒になったんだろ? 今度生まれて来たら、やっぱりお父さんがいいって言ったろ?」

などと、開き直って捲《まく》し立てたのです。

思えば私はたとえ親だろうと(親だからかもしれませんが)、いったん自分が決めたことを覆されるのは嫌なのです。とにかく天邪鬼で反骨心が旺盛なのです。

夫婦になろうという男と女は、お互いが既製品です。ともにオーダーメードで最初からつくり上げるのならいいのですが、既製品なので互いに妥協したり協力したりして助け合い、生活をしていかなくてはいけません。

そのためにも、価値観が限りなく合う人でなくてはならないと思っていました。そういう意味においては利恵という女性は私に近い価値観をもっていたのです。

そもそも既製品ですから、寸分違《たが》わずピッタリなんてあり得ません。お互いに努力をしなくてはいけないのですが、それを怠るから簡単に離婚するのです。最初は気に入っているのに別れてしまうのは、最初から美味しいところばかり食べ合って、不味いところを食べていないからです。はらわたの苦いところまで食べ合わないから、食べ合う覚悟をしないから離婚するのだと私は思います。

例えば相手の女性が猫をかぶっているとします。それなら私は時間をかけて、その皮を一枚一枚剥がしながら、互いの気持ちを寄せ合って育てて行こうと考えたのです。気立てがよくて知的ならそれができるはずです。

結局、彼女で十分なんだ、あとは自分で始末をつける、みんなに責任は取らせないからと、その日のうちにゴーサインを出したのでした。そういう思考は、おそらく大学時代に哲学をかじった影響も大きかったのでしょう。

それにしても利恵と婚約した年に大相場に当たって大きな利益をあげたことは、繰り返しにはなりますが、やはり人と人が結ばれるということは何かしら不思議な力を得るものなのかもしれないと思わざるを得ませんでした。

事業家から教育家へ

今振り返ってみますと、三代前のご先祖様がイカサマ博打で文字通りの無一文となり、祖父八十八は裸一貫、田畑を耕し、身を粉にして昼夜を問わず働きづめに働きました。

そのうちに、己の肉体ひとつでは得られる収入はたかが知れている、頭を使わなければならない、ということで様々な事業を始め、やがては桑苗の事業で大逆転の成功を収めました。

そのことが小野瀬家の礎《いしずえ》となり、父、楠雄も干瓢問屋としての事業でスタートこそ散々なめにあいましたが、その後は業績を伸ばして成功したのです。

ただ二人の成功の陰には、やのときんという二人の妻の支えがありました。夫唱婦随などというのは昨今ではまったく流行らない言葉になってしまいましたが、まさしくその通りの、もっというならば二人三脚という言葉にふさわしい夫婦像であったかと思います。

私も祖父母から寝物語に苦労話を聞かされ、両親の働きぶりを目の当たりにしながら、そして自らも働き手の一人として育ちました。

いろんな苦難も喜びも家族みんなで分け合う素晴らしさを実感してまいりました。

しかしながら八十八も楠雄も我が家の発展のためだけ、お金のためだけに働いてきたのではありません。

その証拠に、先にも書きました通り、八十八は大谷村村議会議員、そして小山市議会議員を務め、楠雄は連続五期にわたり小山市議会議員を、その後栃木県議会議員を四期連続で務め上げたのでした。

祖父も父も、そのまま事業だけを続けていれば、何の不自由もなく生涯を終えたかと思います。それを敢えて決してきれいだとは言えない政治の世界に飛び込んだというのは、小野瀬家の宿命なのかもしれません。

八十八はたくさんの事業の失敗を経験する中で、地域の現状、行政の問題点を肌で感じ、地域のために何とかしたいと考えたのでしょう。楠雄もまたその血を受け継ぎ、八十八の背中を見て、政治家となる決意をするのです。

事業家と農家、政治家の三足の草鞋《わらじ》を履いての生活は、心身ともに、また家族ともども大変であったかと思いますが、気づいてみれば私もその血を受け継いでおりました。もっとも私の場合は、政治家の部分が教育家という名になるのですが。

私が教育に対して関心をもったのは、高校時代からでした。

進学校である高校に通いながら、とにかく勉強が嫌いということもありましたが、「クソおもしろくねえなあ」と毎日のように感じていました。

こんな多感な時代に詰め込み式の勉強ばかりやらせるなど、本当にもったいない、じっくりと腰を据えて、何かに没頭して打ち込むような環境だったらいいのに、「俺なら絶対にそうしたい」と思っていたのです。「何も三年で卒業することはねえじゃねえか」と。

自分が高校をつくるのなら、四年でも五年でもかかって、「これだ」というものをつかんだら卒業するというくらい、生徒に徹しさせてあげたいなと高校時代から考えていましたし、大学に進学してその思いをさらに強くしていたのです。大学教授になりたいという気持ちもその一環だと思いますが、干瓢問屋に身を投じても心のどこかで教育にはこだわっている自分がいたのです。

やがて干瓢問屋の事業にも陰りが見え始めることになります。

繰り返しになって恐縮ですが、干瓢問屋の商売というのは買い時や売り時がなかなか難しく、いずれも激しい競争によって利益を確保することも困難です。父のように相場を読み切ることに長けたプロはまだいいのですが、実際のところは何とか借金をせずに生活ができればいい方というのが現実でした。

そんな中で壬生町のある問屋が、仕入れだけでも楽にできないものかと思案した末、中国に拠点を求めたのです。そしてそれをきっかけに、何社かが中国に生産指導を実施し、大量生産と安価な仕入れ先の獲得に成功したのでした。しかし、これによって恐れていた事態を引き起こします。

一時は仕入れ先が安定し、半値もしない商品が結構高く売れて利益を生んだのですが、売り方の競争が依然として激しいものですから、だんだんと利益が薄くなっていったのです。

おまけに今までは相場の上げ下げがあったからこそ、それで稼げるという妙味が産地にも消費地にもあったのですが、それがなくなります。

そうなりますと国内産の干瓢をつくる農家も徐々に撤退していき、伝統を誇った野州の干瓢も衰退へと向かったのでした。

それでなくともただでさえ相場の激しい上げ下げで消耗し、倒産もあって干瓢問屋は三代続かないといわれていたほどです。私は物心ついた時から両親の背中も含めてそういった厳しい世界を見てきたものですから、大学時代などはこのままだと私の代で潰れてしまうかもしれない、何とか事業を変えていかなくてはいけないと考えていたのです。


さて、父は干瓢問屋の事業と農家、そして四年に一度ある選挙に忙殺されていました。それらを同時並行してやっているうちに、前述した干瓢売買の試練にあいます。ここで父は事業の限界を感じました。

私が二十三歳のある時、父は私にこう言って方向転換を勧めるのでした。

「この仕事を生涯やっていけると思ったのは俺の間違いだったよ。お前までこんなところに引き入れるんじゃなかった。まだお前は若い。今のうちに食べてゆけるなら何でもいいから、安定した仕事で確実に前進できるものを何か考えてやってみろ。資金は俺が出してやる。ただし、一回限りだぞ」

そう言われた時、私の頭にあったのが先にも書きました教育事業でした。ただし、いきなり高校をつくるとなると、様々な認可を取るハードルが高すぎました。かといって義務教育というのは、お役人になんだかんだと言われそうでおもしろくない。そこで私は何の束縛も受けない幼稚園にしようと決めたのです。「三つ子の魂百まで」に賭けるかと考えたのでした。

その原点には高校時代の教育に対する思いや、全学共闘会議によって培われた、

「この国の未来をどうするのか」

という切実な思いがあったのです。

若き日の著者（30歳頃）

また、私は政治経済学部出身であり、前提条件をクリアすれば、幼稚園の経営というのは園児の数だけ担保できれば成立するとすぐにわかりました。どうなるか先の読めない千瓢相場に比べれば天国のような世界です。

つまりは園児の数を集めることだけに集中すれば何とかなるという目算が立ったの

です。

　ましてや当時は私たち団塊の世代およそ二百五十万人の子どもたち、つまり団塊ジュニア世代およそ二百万人が生まれ始めた頃でした。幼稚園や保育園の数が圧倒的に足りないという話はあちこちから耳に入ってきますし、実際、入園の順番を待つために、願書配布日の前日から徹夜して並ぶといった事態にもなっていたのです。これなら集め方次第でいけると確信したのでした。

　ただこればかりは机上であれこれ考えあぐねていても、ちっとも前には進みません。とにかくやってみようということで、私の理想とする幼稚園の設立に向けて私は動き出したのです。

第3章　幼稚園をつくる

四つの心

こうして私は二十五歳の時、幼稚園を設立することにしました。

もちろん幼稚園に関して何のコネクションもありませんし、幼児教育に携わる親族や友人知人も皆無です。まったくのゼロからのスタートでした。

ただ、幼稚園をつくるにあたっては、はっきりとした揺るぎのないコンセプトが私の中にはありました。

まず、保護者ウケは狙わないということ。例えばよくあったのが裸の教育をやるとか、何か突拍子もないことをやって耳目《じもく》を集めて拍手喝采を浴びるなど、私が一番やりたくない嫌いなことでした。

そういう奇をてらうのではない、本物志向といいますか、地に足のついたやり方で長く太くやっていきたいという思いがありました。時間はかかるのですが、これぞ教育というものをやりたかったのです。

保護者の自尊心をくすぐるような経営ではなく、地道に時間をかけて、地域や保護者の方々に浸透させて、「小野瀬の幼稚園の教育はいいぞ」と思われるような教育をしようと考えていました。

そしてその教育を実現するために、以下のような『四つの心』という大きなテーマを掲げたのです。

・感謝の心……「ありがとう」と言える子ども。
・反省の心……「ごめんなさい」と言える子ども。
・奉仕の心……思いやりのある子ども。
・努力の心……がんばれる子ども。

いつも謙虚に感謝の気持ちを忘れず、日々反省をして自分を高め、公や他者のために奉仕をする清い心を持ち、目標に向かって努力をするという、四つの誓いを立てたのです。

そしてそれを据えるとともに、目標とするところは、『心身ともに健康で人間性豊かな子』というのを目指そうと考えたのです。

ただ具体的にどうやるのかは、私は専門家でないのでわかりません。その部分は先生方に頼るしかありませんでした。

もちろん先生の能力も大切ですが、それ以前に大切なのは私の目指す理想、目標に共感してもらえるかどうかです。共感してもらえるのなら、人間の顔が一人ひとり違うように、やり方は千差万別、それぞれ違っていてもいいのです。スイッチバックするみたいに進む道があってもいいし、右から行く道も左から行く道もあってもいいと思います。

とにかく具体的には『四つの心』を示しているわけですから、行き着く先はここなんだと、はっきりと目標を定めてもらえればそれでいいのです。そのための試行錯誤ならいくらでもやってくれていいと思いました。

だから私は先生におんぶに抱っこの状態で、実際にも「俺は何もしねえから」というやり方を通していきました。

ただし最終結論としては、どんなやり方をしようとも、もし問題が起きても先生には責任は負わせず、全責任は私が取るから「好きにやれ」というスタンスでした。

それから、やたらと保護者に媚《こ》びる必要もないという姿勢も貫いています。具体的な詳細は後述しますが、最近ではモンスターペアレンツといったような保護者も時にはあらわれます。そんな時は何としてでも「園児を守る」「俺が先生方を守る」という姿勢で、時には本音をぶつけ合って喧嘩しながらやってきました。園をやむをえずやめさせた二、三の保護者もいます。

　我が園の方針は最初に説明をしていて、それに賛同しているから入園したのですから、園のルールに従うのは当然であり、それを理解しないクレームに対しては毅然と対応します。そうしないと『四つの心』という大義が守れず、ひいては子どものためにも、先生方のためにも、園のためにもならないからです。

　たまに園サイドがトラブル回避のために保護者の言い分に折れて、ルールまで曲げるという幼稚園・保育園もあるようですが、それではダメなのです。私は今日までおよそ五十年の間、幼稚園経営、幼児教育に携わってきましたが、保護者に妥協せず、おもねらず、ヨイショもしないでやってきたからこそ、今日の園に対する大きな信頼を勝ち得たのだと確信をしています。

　とはいえ、今日の幼稚園にするまで紆余曲折、様々な問題を抱え、そのたびに壁につき当たり、乗り越えてきました。それをこの章では語らせてもらうことで、次代を担う、幼児教育に携わってみたい、起業したいと志を抱いておられる方々への一助となれば幸いです。

認可が下りない

これは意外に知られていないことだと思うのですが、幼稚園という名称は、行政の認可を受けていないと勝手に使えないオフィシャル名なのです。

もし認可を受けていないとすると、幼児園とかそんな俗称しか使えません。認可を取ったからといって補助金がもらえるわけでも特典があるわけでもなく、ただそれだけのことなのですが、一つの信用になることは確かでした。

ただ私の場合は幼稚園をつくると決めた瞬間から、自分の幼稚園がイメージの中で完璧にできあがっていました。何ごともそうなのですが、目標を一度たてたのなら、すでにやってのけたと信じ込むほどでないとやり抜くことはできないと考えます。

そこで私は幼稚園をつくると決めたその年に、譲り受けたご先祖様の土地、土地といってもまだ更地にすらなっていない山林の中に、「幼稚園建設予定地」と書いた看板をポンと立てたのです。もちろん認可もまだ受けてはいませんが、認可が下りるという前提です。しかも建物も募集もこれからで、もちろん開園は来年四月です。

今にして思いますとこんな乱暴な話はないのですが、私自身はいたって真剣そのもので、六月か七月には募集を開始していました。すると応募がどんどん集まってきて、最終的には初年度に百十三人もの園児たちが集まったのです。

それと並行して両隣にあった二つの幼稚園にも断りを入れておりました。園長先生たちに話をしますと、

「うちでは受け入れきれないから、そういう奇特な人を待っていたんです」

と当初は歓迎されたものでした。

ところが入園者がどんどん増えているのを知って危機感を抱いたのでしょう。だんだんトーンダウンしてきて、おしまいには「認可はさせない」という、はっきりいえば妨害ともとれる行動に出たのです。

その当時、たまたま隣の園の園長が栃木県幼稚園連合会の理事長でした。その幼稚園は広くはない敷地に四百人もの園児を抱えています。私が後発の経営者として挨拶をしたのですが、話し合っても幼稚園の建設は許さないという答えでした。

栃木県の担当部署の窓口に申請をして審議会にかけてもらい、認可をもらうのが通常の手続きです。ところが何度行っても門前払いで、申請の受け付けすらしてもらえなかった

のです。

　表向きの理由は幼稚園同士の距離が近いというものでしたが、本音は園児を奪われ、経営に響くという既得権がらみだったに違いありません。担当部署には連合会から何らかの連絡があったと思います。

　ただ私にしてみれば、現実問題として幼稚園に入れない保護者が数多くいて困っているわけですから、私がこの事業をやることで世の中から喜ばれることはあっても嫌われることとは絶対にない、私のやろうとしていることは天に恥じないことだから、誰が何と言おうが絶対にやり遂げてやるという、そんな意気込みでした。

　審議会にかけて決裁者である知事がダメだと言うならまだしも、申請書を受け付けてくれないのでは話になりません。私は粘り強く窓口で交渉しました。

「認可の権利をもっている知事がダメだと言うならわかりますよ。あなた方は窓口でしょ。受け付けるのが仕事じゃないですか。認可のイエスかノーかなんて決める権限はないはずですよ」

「ダメです、受け付けられません」

「知事のところに出してください」

「ダメなものはダメです。持ち帰ってください」

とまあ、こんな押し問答ばかりで埒《らち》が明かないのです。

当時は父が市議会議員だったのですが、たまたま担当部署窓口の課長が、父の議員仲間の同級生でした。それで議員と会って話を聞いてくれて「じゃあ先方に話をしておくから」と言ってくれました。さらには応援していた県議会議員にも頼んで骨を折ってもらいました。それでも状況は何も変わらなかったのです。

その理由には、両者ともに栃木県幼稚園連合会のお墨付きがなければならないというのです。つまり、両隣の幼稚園から同意をもらったら認可が下りるというのですが、そんなものをくれるはずはありません。

このピンチに父も一計を案じてくれました。何も強引にコネクションを駆使したわけではありません。小山市でも幼稚園が不足しているのは明らかで、数が多いことは市民のためになるのです。

そこで視点を変えて、「ダメもとで出すか」ということで、議員提案をして小山市議会に審議をしてもらいました。この場所に幼稚園の建設を認めてほしいと、園が不足している問題点、必要な理由などを書類にして出したのです。

これが驚くべきことに、審議の結果、満場一致で可決されたのでした。与野党の党派を超えて、議員三十六人すべてが賛成してくれたのです。その審議結果をもって県の窓口に行くと、断る理由はもうないから受け付けるしかありません。こうしてようやく知事の認可を取得して幼稚園の名称が使えるようになったのです。

時に認可が下りたのは昭和四十八（一九七三）年三月三十一日のことです。園は四月一日から始まります。つまり、開園ギリギリ前日に認可を取ったというわけです。もっとも、私としては許可が下りなくて無認可でも始めるつもりでしたので、絶対に引かないと決めていましたが。

幼稚園の認可は信用につながると申しましたが、そもそもそれは形式だけのことで、信用というものはにわかに得られるものではありません。その点私には、先祖代々からこの地域での確かな経歴があります。地元の人たちが変な奴ではないと、私のことをみんな知っているわけです。「小野瀬がやるんだ」というので、応援してくれる人たちがたくさんいるのです。これ以上の強い味方、つまり信用はないわけです。

天国と地獄

こうして『楠エンゼル幼稚園』と名付けて、昭和四十八年四月一日に開園しました。

お父さんお母さんに手を引かれて、初めて登園して来る子どもたちの姿が、今でもはっきりと目に焼き付いています。その晴々とした姿を眺めながら、つくづく「俺はいいことやったなあ」と胸を熱くしたものです。

子どもたちの部屋に入ると、プーンとミルクの匂いがしてきて、

「天国だ、これは」

と思いました。

つまり、これまで切ったはったの干瓢の商売、海千山千の男臭い連中に揉まれてきた私にしてみれば、まさしくここは聖域であり、天国だと感じたのでした。

しかもその初年度の途中から（前述しましたが）、見切りをつけたはずの干瓢相場が大相場となり、結果的には空前の利益をあげることになったのです。私にとっては本当に忘れがたい年になりました。

そういうわけでまあ初年度は百十三人の園児を迎えられてよかったのですが、次年度には大失敗をしてしまいます。目算としては次年度には二百人くらいの園児が来るだろうと読んでいたのですが、いざ蓋を開けてみますとたった三十人ほどしか集まらなかったのです。

当然私は「どうしてだろう？」と原因を考えてみました。初年度というのはご先祖様や父の威光であったり、私への信用などがあって百十三人が集まった。次年度は何も変えていないわけだから、園そのものの問題で、そんなに人数が減ることは考えられないのです。それでよく調べてみましたら、園児募集時期で後手に回ったという事実がわかりました。しかもそれは他の幼稚園の園長らに、まんまといっぱい食わされたともいえるのです。他の園長たちは、初年度に私の幼稚園が百十三人もの園児をとったので脅威に感じたのでしょう。会うたびにこう言っていたのです。

「今年の園児募集は九月一日から開始ですからね。解禁となるまでは募集に関して何もしてはいけませんよ」と。

何度も何度も繰り返し、しつこいほど釘をさされました。

私は根が真面目なものですから、その言葉を真に受けて募集は九月一日からというのをバカ正直に守りました。そしたら全然集まらない。それは当然のことで、他の幼稚園は抜け駆けして、九月一日以前から募集に動いていたのです。しかも私には隠れてコソコソやっていました。これは百メートル競走でいえば、十メートルも走らないで転んだと同じことです。

気づいた時には後の祭りでどうしようもありません。次年度はどうするかなあと途方に暮れていました。

すると幼稚園の近くに古河電工という、電線などをつくる大手の非鉄金属メーカーがあったのですが、そこから思いがけない相談があったのです。古河電工とは、父が選挙の際に応援してもらったりと、日頃から懇意にしておりました。

相談の内容というのが、古河電工の社宅の敷地内に無認可の幼児園があるのだけれども、老朽化して園舎の雨漏りが止まらない、ついては在園している四十人の園児たちを引き受けてもらえないかと打診をされたのです。

私としてみれば渡りに船のようなもので、断る理由などどこにもありませんでした。ただ保護者の意向というものもありますから、他の二、三の幼稚園も見てもらいました。結局はすべての園児をうちの幼稚園に入園させることになり、なんとかことなきを得たのでした。

「私はここに決めました」

なにぶん後発部隊ということで、周囲のいろいろな幼稚園と比べてはっきりとした差別化を図ろうと考えました。

前述の通り、『心身ともに健康で人間性豊かな子』というのを大テーマとして掲げていますが、それを実現するためにも「のびのび教育」でなければなりません。つまり、環境が人をつくる、人が環境にはたらきかけて環境をつくる、その相互作用の中で生きていくというわけです。

のびのび教育というのは巷《ちまた》ではよく聞きますが、本気でやろうと思うと意外に難しいものです。私は今までの狭い幼稚園のようではいけないと考え、よそでは真似のできない広い敷地をまず用意しました。そして施設もよいものにすることです。

職場でも学舎でも人が世話になる環境として、その場所や建物はとても大切だと私は考えています。家の中をニワトリが駆け回っているような家で育った人間と、きちんと整頓された家庭環境の中でしつけを受けて育つ人間とは全然違うのです。だからこそよい環境をつくろうというのがスタートで、広い敷地を用意しました。

次には人（先生）です。その頃は本当に人材不足でした。幼稚園の先生を育てる養成校が県内には少なかったのです。だから採用する幼稚園教諭の、全体の三分の一以内（つまり三人に一人）は高卒の臨時免許でもいいという時代でした。助教諭免許というのですが、申請すれば簡単に下りました。

私の幼稚園の場合、二人の幼稚園教諭と一人の助教諭という体制でスタートしたのですが、その助教諭というのは妹、雅子でした。

当時、妹は東京の丸の内でＯＬをやっていました。普通なら華やかな東京でのＯＬ生活を満喫したいと思うところなのでしょうが、妹の場合は「そっちの方がおもしろそう」ということで手伝ってくれることになったのです。慎重派の私とは正反対で、出たとこ勝負の妹の性格がこの時は吉と出たようです。

余談ですが、妹はその後、幼稚園教諭の免許を取得し、二十三年もの長きにわたって楠エンゼル幼稚園に尽力してくれました。そして息子の病気をきっかけに老人ホームの設立を決意して社会福祉法人くすの木会「きぬの里」を開設し、今では理事長として忙しい日々を送っています。

さて、前述した通り、最初から餌で釣って園児集めをするような裏技はやりたくありませんでした。これまでご先祖様がやってきたように、真正面からぶち当たっていくという教育を理想に掲げました。それを時間をかけて浸透させるのです。

そのおかげで今日ではだんだんファンが増えてきて、保護者の口コミで少しずつ浸透して、賛同者の輪が広がりつつあります。

そして次の課題としてあげたのは教員の待遇について、他の幼稚園と差別化を図りたいというものでした。丸投げした私を一生懸命やって助けてくれるのですから報いなければなりません。賃金はもちろんのこと、時間の問題であったり労働環境であったり、様々な事柄について質を上げていきました。

また、当初は幼稚園を法人化することはせず、個人立にしました。不退転の決意でスタートしたものの、どんなことが起きるかわかりません。

予想だにしないことで、もしかすると潰れてしまうかもしれない。学校法人にしてしまうと敷地として使った土地を全部寄付しなければならない。解散をすると、決まりとして、一番近くの学校法人に全部所有権が移ってしまうのです。個人立にしておけば、もしものことがあった時も全部個人に戻ってくる、つまりいつでも撤退ができるという保険をかけておいたのです。

そうすればたとえ潰れたとしても、体制を整え直して別の事業展開ができます。これも千瓢相場で鍛えられた知恵であり、慎重に物事を読む私の姿勢でもありました（もっとも、その後法人化の規則が柔軟性のあるものに変わったのを機に、うちの園も法人化しています）。

とにかく幼稚園では信用が第一です。園内で何か問題が起きたり、経営者や先生たちに問題があるとたちまちその噂が広まって信用を失い、園児は集まりません。そういうことで、経営する側の私たちも先生たちも必死になって最大限の努力をしなければならず、楠エンゼル幼稚園ではそうした意識でこれまで取り組んできました。

地区別の懇談会も地道にやりました。いろんな地域に出かけて行って、私自身の教育方針というものをわかりやすくお話しするのです。経営者が直接語りかければ、それなりの説得力があり、楠エンゼル幼稚園がどのような教育をしているのかもよく理解していただけたと思います。

　こうした地道な努力の結果、設立して五十年経った今では、県内でも有数の幼稚園となったと感じています。何せ保護者に媚びないしブレない。だからこそ今の楠エンゼル幼稚園があるのです。いつだったか、それを象徴する出来事がありました。

　園児募集に先立ち、当時小山市内に三十箇所あった幼稚園を「全部見てきました」という保護者のお母さんがおられました。全部の幼稚園を見学して園長や職員の方々ともじっくり話をしてきて、この幼稚園が最後だというのです。要するにそれくらい子どものためを考えた、教育熱心なお母さんだったのだと思います。

　あまりに率直に根掘り葉掘り聞かれるものだから、私も何だか嫌な気持ちになってきました。私はこの通り表裏のない人間ですので、「来てもらっても来なくてもどっちでもいいや」といった態度で、つっけんどんに、思っていることをためらいなくスパスパ答えていたのです。そうしましたら、最後にその方がこう言ったのです。

「市内の幼稚園を全部まわって見てきましたけど、こんなにてきぱきと答えをもらったのはこの園が初めてです。他の園はオブラートに包んだみたいに、わかったようなわからないようなことを言われたのがほとんどでした。私はここに決めました」

こういう人に来てもらっても怖いなあと思いましたが、逆にいえば、このようにしっかりとした考えをもった保護者の方々に楠エンゼル幼稚園を選んでもらっている、それくらい信頼を置いてもらっていると感じるのです。同時に幼稚園にはそれぞれの特徴があり、いろんな意味で差はあるということも知っておいていただきたいと思います。

子どもファースト

このように楠エンゼル幼稚園を昭和四十八年にスタートさせ、十年経った頃から総園児数が二百五十人くらいから三百人近くまで着実に増えていきました。

ところがその後突然ある年に、一学年で百五十人もの園児が入園してきたのです。なぜだろうと思ってよくよく調査してみますと、この地域に三つあった幼稚園のうちの一つが、経営危機で「潰れる」という噂が巷に流れたのが原因だったのです。

どうやらその幼稚園は不渡りを出したとのことで、一回目なのでまだ銀行取引が停止されずに済んでいましたが、その情報を噂で聞いた保護者がうちの園を選んで続々と入って来たのでした。

前述しましたが、幼稚園は信用第一です。そうやって何か園で問題が起きると保護者は敏感に察知して、子どもを違う園に入れるのです。

その結果、うちの園の保護者とはカラーが違う、なじまないかもしれない保護者の園児が入園してきました。もちろん「来る者こばまず」ですから受け入れて、今まで通りの教育をしなくてはいけません。

ただ、いろいろな保護者がいるからといって、自分の方針を曲げたりはしません。私の教育に関する判断基準は人間ではなく、あくまで天にあります。天に恥じない教育なのですから、私が保護者に染まるのではなく、こちらの教育方針に保護者が染まってもらわなければ困るのです。

子どもファーストであり、先生たちを絶対的に守るというのが私のやり方です。そういう意味においては一切の妥協をしませんでした。

他方、その問題が起きた園では生き残りに必死になります。生活がかかっているし、ある意味命がけなのですからそれも当然です。集まらなくなってから、どういうアクションを起こしたか。

過剰な保護者へのサービスを始めたのです。通園バスを一軒一軒の家の前で停めますとか、保護者の意見はどんどん取り入れますといった、保護者に媚びる、おもねるようなサービスを始めたわけです。

これでは子どもファーストではなく保護者ファーストであり、先生たちに負担がかかるばかりで守れず、園がよくなるどころかガタガタになることは想像に難くありません。私にいわせれば、もし効果があっても一時的であって、本質を見誤ったやり方に過ぎないのです。

園児の数に戻りますが、こうして全体で三百人を超えましたので、もうこういう年はないだろうと思っておりますと、それがその後も続いていったのです。ところがまたある時に減ってくるという現象が始まります。教育上のミスがあったわけでも問題が起きたわけでもなく減少したので、なぜだろうと疑問に感じました。

それで調べましたら、すぐに原因が判明しました。早い話が、うちの園が二年保育から三年保育に切り替えるのが遅れたというのがその理由でした。

そもそも幼稚園というのは、初期は一年保育でした。それが四歳児からの二年保育に変わり、そこでだんだんと園児募集の優劣がついてきたのです。ましてや先ほども書きました通り、何か問題を起こした幼稚園などは圧倒的に不利になります。そこで負けを取り返すために今度は三歳児に手を伸ばして、三年保育にしたのでした。

私の園ではその切り替えが二、三年遅れて園児が減ったのです。それに気づいて、うちでもやろうということになったのですが、三歳児の教育は四歳児と同じようにやってはいけないと思いました。それによって施設は余計に使いますが、後発なのですから差別化を図らなくては勝てません。

そこでまずは優秀なベテランの先生を三歳児にあて、四、五歳児には新人の先生をといったように割り当てて巻き返しを図りました。しかしその後しばらくしてまた園児が減るのです。これもすぐに原因がわかって、問題を起こした幼稚園では二歳児にまで募集をかけて「青田買い」をしていたのでした。

しかも評判がすこぶる悪い。家に帰って来た時にはオムツがグッショリと濡れていたとかで、取り替えてもらえないのでしょう、お尻がただれてしまう子もいたそうです。そんな状態で二歳児の面倒を見てもしょうがないだろうと呆れ返りました。

それでどんな体制でやっているんだと、人を遣って調べさせたのです。すると先方の幼稚園では二歳児二十人に対して一人の先生が見ていることがわかりました。二歳児というのは六人に一人が基本です。これは放ってはおけないと感じました。

たまたまそんな時、うちを退職した先生で、子育てが落ち着いて、仕事をしていない人が園に遊びに来ました。

「先生、何か仕事があったらやらせてください」

と言うので、

「じゃあ、これやってみるか？」

と、二歳児に関する教育の立案をさせたのです。

そして二歳児十五人に対して二人か三人で面倒を見るようにと指示をしました。実はそれをまともにやれば赤字覚悟なのですが、やると決めたのですから仕方ありません。

もっとも彼女らには、

「お前たちもあんまり俺に無理させるなよ。ほどほどの給料でな」

と冗談まじりで釘をさしましたが、この頃になると私だけではなく、先生たちも必死で一心同体の状態でした。

そうやって二歳児教育を始めたのですが、何せ子育て経験のあるベテランに扱わせたものですから手厚く、堂に入ったものです。みるみる巻き返していきました。

当初は定員を十三人にして、受けもつ先生を二人にしました。そして月曜と水曜の週一回二コースでやりました。そうしますと応募が多くなってきて、捌き切れなくなって木曜日も加えて三コースにしたのです。ところがそれでも対応できなくなってきて金曜日も加えて四コースにまでしました。

「火曜日もお願いします」

という声もありましたが、それは「ダメだ」と答えました。当時から、休日をいかに多く取るかという時代になってきていました。働く者がみんな公平に休日が取れるように、一日は調整日をつくっておかないといけません。

また、週二回でという声もありましたが、来ている園児がみんな同じでは広がりません。絶対数を増やさないと園児募集にはつながらないのです。

入り切らなくなれば、月曜コース二、水曜コース二というふうにつくっていけばいいと考えました。結果的には最高六コースまでつくりました。それでまた三百人に復活して、一時は四百人にまでなったのです。

幼稚園にとって園児の数は、いい園かそうでないかのバロメーターともいえます。断っておきますと、これは何もビジネス上のことだけで申し上げているのではありません。言い換えれば、幼児教育の質というものがその数で測られていると言っても過言ではないのです。

保護者へのサービスによって集めるのか、子どもファーストによって集めるのか。

それがその子の将来はもとより、地域や日本社会の未来までも左右するともなれば、どちらがいいのかは明白であると考える次第です。

先生を守る

「そんなに増やして先生の数は大丈夫なんですか？」

と訊かれたことがあります。

これは好循環と申しますか、人気園にはいい先生が集まって来るのです。ところが財政面でいえば、幼稚園の経営というのは若い先生たちだから経営が成り立っているのです。

結婚を機に辞める先生がほとんどです。逆に勤続年数が長くなると給料が払えなくなったりします。ある園などは、「結婚したら辞めてほしい」「出産するなら辞めてほしい」などと園長が言って経営を守ってきたといいます。いわゆるハラスメントがまかり通っていたわけです。

確かにそんなふうにすれば経営的には楽なのです。でもそれは絶対におかしなことです。時代が許さないだろうし、いい先生が長く勤められないような園はダメになるはずです。だから私は、先生が長く勤めても大丈夫だというシステムをつくらなくてはいけないと感じました。たとえ出産しようが、子どもを連れてきたって働ける環境をつくろうという発想になったのです。それでつくったのが『にこにこ保育園』でした。

これらのことも、先生を守る義務が私にはあると考えているからです。先生の待遇や職場環境をなおざりにすると、子どもにも悪い影響が出ます。先生も一人の人間なのです。個性や意見を尊重しつつ、矢面に立って保護者の批判から守るのは私の仕事です。

結論じみたことを申しますと、私が今日までやってこられたのも教職員のおかげだと断じていいと思っています。本当に教職員には恵まれました。もちろん私自身も意識してコミュニケーションを図るようにはしましたし、職場環境や人間関係の風通しをよくするための努力はしてきました。

そういう意味では年に二度の親睦旅行は非常に効果的であったと感じます。この二、三年こそコロナ禍でやめていますが、それまでは一年の打ち上げと、一泊での忘年会を行っていました。忘年会では塩原や草津、鬼怒川といった温泉場に出かけて、観光がてら親睦を深めました。

最初は全額私のポケットマネーで負担していたのですが、そうしますと、「予定があるのでキャンセルします」といった事態も次第に多くなってきます。ですので半額負担に切り替えて積み立て式にしたのです。行けなかった人にはお土産を渡すといったことで、そうしますと自分で費用を負担しているから、まず参加するようになりました。

こうやっていわゆる「飲ミニケーション」をしますと、仕事を離れたところでの人間の本性というのがいい意味でわかってきます。日頃はつっけんどんにしている人が意外にそうではないと知ったり、飲ませるとおもしろい人なんだとわかったりします。そうすると教職員同士の関係性が円満になって、日々楽しく過ごせるのです。

基本的に職場は楽しくなくてはいけません。先生自身が嫌だ嫌だと思って勤めていたのでは、子どもに対していい教育などできるはずもないのです。まずはみんな仲よくできる環境をつくるのも私の仕事なのです。

そのヒントになったのはロータリークラブです。私もロータリークラブに入っていて、一番大切にするのは親睦です。親睦を優先してやらなければ何ごともうまくまわらず、足の引っ張り合いになってしまう。親睦というのは、実際に顔を合わせないと親睦にはなりません。だからロータリークラブの出席は義務なのです。

それと同じで親睦が職場を楽しくするのです。そのためには私は全額負担をするのはダメだと気づきました。身銭を切って初めて自主性が生まれ、積極的に親睦を図ろうという意思が生まれるのです。

実際、半額負担にしてから本格的に仲がよくなっていったものでした。

ちなみに私の園というのは、辞めてからも先生たちがよく遊びに来る幼稚園で有名なのです。他の園などでは辞めたら二度と行くものかといった、感情的にもつれて辞めるパターンがいくつもある中で、うちではそういったことはまずありません。中には、

「(楠エンゼル幼稚園に関して) こんな変な噂を聞きましたけど大丈夫ですか？」

と、お家の大事とばかりにご注進にくる元先生もいるほどです。

つまり、辞めても「私の幼稚園」なのです。どこまで行っても家族のように、あくまで

もうちの幼稚園の一員なのです。こういう人的なつながり、信頼関係を結べたということは本当の意味での私のかけがえのない財産となっています。

そして私が先生たちと信頼関係を結ぶということは、そのまま教育を受ける園児の保護者の方々との信頼関係を結ぶということでもあるのです。

保護者との堅い信頼関係

先生たち、保護者の方々との信頼関係といえば忘れ難い思い出があります。

私が父の選挙を手伝った際、二度、うちの陣営が選挙違反に問われました。いずれも私自身が矢面に立って収束させましたが、当時は各陣営とも違反が常態化して、摘発されるのは運が悪いというようなありさまでした。

余談にはなりますが、そもそも当時の選挙違反の諸悪の根源は、労働組合との関わりにあったと私はみています。

大企業をバックに出馬する候補者の運動員は、会社を休んで選挙運動をしても、収入を有給休暇、または労働組合からの補填で保証しており、つまりはある意味、体《てい》のいい買収がまかり通っていました。

一方、他の候補者の運動員はほとんどが自営業者や農業従事者、無職者が中心で、選挙運動に関われば即収入（生活）に影響が出るという具合だったのです。

そんな背景がありながら、どこでどう間違ったのか、うちの陣営が選挙違反に問われたのです。そのために私が前に出て収監され、取り調べを受けるという事態になってしまいました。

それはともかく、何度も申し上げた通り、幼稚園の事業は保護者からの信用が第一です。そういう意味においては、私自身が直接関わった問題ではないとはいえ、こうした罪に問われるのは普通であれば致命的ともいえましょう。

実際、競争相手の幼稚園の園長などは、

「これでエンゼルも終わったね」

と周囲に語っていたそうです。

ところがその読みはまったく外れてしまいました。雨降って地固まるといいますか、こういう大きな困難に見舞われるほど、日頃の信頼関係がものをいうわけです。先生も園児との関わりをより濃密にして、保護者の方々も必死になってカバーしてくれました。それはやはり園長の私という人間が、どういう人間かをしっかり見てくれていて、信じてくれているからです。

もちろんその年に募集する園児の減少は覚悟しました。しかし蓋を開けてみると、減るどころか逆に増えてしまったのです。それが一度ならず二度もなのですから、いかに強固な信頼関係で結ばれているかと実感しました。

今まで培ってきた信用はこれしきのことで失われないのだ、「世間は見ていないようでちゃんと見ているものだなあ」と感嘆したものです。

いずれにしても先生たちと保護者の方々には感謝の言葉もありませんでした。

そして先生たちとだけでなく、ここでも保護者の方々とも信頼関係を築くために日頃やっていた慰労会、親睦会が生かされたなあと感じ入りました。

これもコロナ禍によって中断を余儀なくされましたが、うちの園では「役員親睦会」という会をずっとやってきました。幼稚園の役員さんというのは、クラスに三、四人います。全部で十四学級ほどありますから、まとめるのはかなり大変なことなのです。

だいたいお母さんが役員として参加しますが、そうなるとどうしても家庭のおじいちゃんやおばあちゃん、お父さんといった方の協力が必要になってきます。だから役員をやっていて時間を拘束されることで、家庭から苦情などが出ないようにして、たくさん活躍してもらわないといけません。

そこで私は役員親睦会というものを考えました。まず、朝早くから私が茨城県の那珂湊の魚市場に行き、カツオやブリといった新鮮な魚を買い付けてきます。それを私がさくどりすることもありますし、時間がない時は市場でやってもらいます。

その魚を幼稚園に持ち帰って特大のまな板の上に載せて捌き、刺身にするのです。そしてみんなに振る舞い、お酒と一緒に味わってもらいました。

参加者から大人千円、子ども五百円という会費をいただきまして、大ホールで親睦会を開くのです。何人来ても構いません。そこで食べたり飲んだり、時には舞台で出し物をやったり、ワイワイと賑やかに楽しくやりました。

保護者の慰労会を兼ねて、これから役員さんたちが円滑に活動を進めていくためにも早い時期に親睦を深めておくのです。その中で幼稚園の運営に関する様々な話も出ます。そうした地道な交流を続けていたことが、私がピンチに陥っても変わらない信頼で、いえ、それ以上の結束力で困難を乗り越えるということができたのでした。

こうした保護者の方々との絆も私の自慢であり、誇りの一つなのです。

先生の採用をめぐって

これまで先生の採用や待遇改善については、いろいろな苦労もありました。ここでとても印象に残っているエピソードを一つ書き残しておきたいと思います。

ある年の三月のことでした。三月といえば新しい園児たちを四月に迎えるなど、慌ただしく準備をしている時期です。そんな時に一人の先生が突然、「退職させてください」と言ってきたのです。

「結婚することになりまして、転勤するかもしれませんので、迷惑かけちゃいけないと思って三月末で退職させてください」と。

正直なところ迷惑がかかるのはこっちの方です。このタイミングでそれはないだろうと思いました。

「この時期に来て、無茶を言うねえ。この前就職希望だった人を断ったばかりなんだよ。

お前結婚やめろよ（もちろん冗談です）」

「私の人生をそんなことで狂わせていいんですか」

「俺は結婚してくれって頼んだ覚えはないぞ」

「じゃあどうすればいいんですか」

「しょうがねえなあ。こっちもやれるだけ（採用募集を）やってみるよ」

ちなみに私もこの通りの表裏なく本音をぶつけますし、先生も遠慮はしません。こうしたやりとりをしないと本当の気持ちが見えてこないのです。

それはさておき「これは困った、緊急事態だ」と思い、すべての先生を召集してこんな大問題が起きてしまったと正直に打ち明けました。そして、

「今から先生を私ひとりで探すのは大変なことだから、みんなで手分けをして探してくれ」

と頼んだのです。

我が幼稚園のピンチなんだから隠していたってしょうがないし、コソコソやるのは私の性に合いません。だから率直に訴えたのです。

そうしますとほどなくある先生から推薦があって、私は会って面談をしました。ところがどうも違うと感じて断ったのですが、申し訳なかったのですが、私は子どもファーストだ

から、その観点からすると合格点には達しませんでした。

これにはさすがに先生方から大ブーイングが起きました。

「せっかく見つけてきたのに、あと二週間しかないんですよ」

それはそうでしょう。私の号令で一生懸命探してくれたのですから。ですが私の辞書には妥協という文字はありません。

「良い悪いというより、うちの幼稚園には向かないタイプの人だから。ダメなものはダメだ」

と譲りませんでした。

そうこうするうちにもう一人、近くの喫茶店で働いている人で、いい人がいると推薦がありました。離婚して実家に帰り、働きながら一人娘を育てているというのです。会ってみるととてもいい人（以後、Aさんとします）で、私は採用を決めたのでした。

Aさんを採用してしばらく順調に働いてもらっていたのですが、何年か経過した頃だったと思います。

「私、公務員の試験を受けようと思っているんです」

と言うのです。聞けば私立幼稚園だと不安定だし、長く働いても給料に上限があるでしょうし、待遇面で迷惑をかけるのも嫌だと。しかも年齢が上がってくると、保育の現場で昔みたいに思うように動けない。だから学校の用務員の試験を受けて、安定した収入を得たいと言うのです。

そこで私は「ひと晩考えさせてくれ」と引き取って考えました。なにぶん貴重な戦力でもあるので「はい、そうですか」と失いたくはありませんでした。そして一つの方法を考え出しました。

要するに安定と収入を必要としているのなら、まず、教員ではなく事務方にまわり、他の先生たちの相談を受けたりする補助の役割をしてほしいと言いました。つまりは主任の仕事をするということです。

さらに収入を得るために「もう一つの仕事をやってもらいたい」と。それは送迎バスの運転手でした。その当時は労働条件が合わないとかで、バスの運転手の確保に非常に苦労していました。だからそれなりの報酬を払うから、大型車の免許を取得して「運転手も兼ねてくれ」と頼んだのです。もちろん免許を取る費用は出すし、教習を受けるのは勤務時間内でいいと話しました。

Aさんは、即答はできないから少し時間がほしいと言い、その一週間後でしたが、

「家族会議の結果、報告させていただきます。お世話になります」

と物々しくも、承知してくれたのです。

これで全国でも珍しいと思うのですが、大型一種免許を所持してバスを運転し、その間に事務仕事をするシステムをつくったのでした。Aさんの申し入れがなければやらなかったことです。これでしばらくはとてもうまく、仕事が順調にまわっていました。

ところがある日突然、「相談があります」と、Aさんが私のもとにやって来ました。

「休ませてください」

と言うのです。理由を訊けば、一人娘が難病に罹り、付き添って看病をしたいということでした。仕事を休んで、母親として精一杯のことを娘にしてやりたいというのです。その娘さんについては、私も高校進学の相談を受けたりしてアドバイスをしていたので、近しい存在でもありました。

「その気持ちはわかるけどさ、そうなったら収入の道が途絶えるだろう？　収入がなくなったら看病どころじゃなくなっちゃうぞ。それに毎日どうなるか不安の中で病院にずーっといるのはかえってつらいもんだ。ちょっとくらいは忘れられる時間も必要なんじゃないか？」

私は別にAさんを引き留めようとして言ったわけではありません。彼女の身になればそんな不安や心配が次々に起きるはずだと考えたのです。

それで一つの提案をしました。

「午前中だけでも勤務できないか？」と。

午後は看病に行って、給料の八割を払うから、どうだと打診をしました。その条件で納得したAさんはその後、娘さんの看病を続けながら懸命に働いてくれたのでした。

私の幼稚園は何千人何万人と従業員のいる会社ではありません。全部まとめてもせいぜい数十人くらいのものです。幸か不幸かここは小さな職場だから、お互いにピンチになったら、腹を割って助け合ったらいいじゃないかと考えるわけです。

そして私はAさんを説得する時、母の言葉を思い出してこう言いました。

「私も親からこう言われたもんだ。『人が一番悲しい時、ピンチの時は、自分でできる最大限のことをしてあげよう』ってな。だから今がその時だと思うんだ。その条件でよかったら、続けていかねえか？」

教職員との関わりを一言でいえば、戦友だと私は思っています。みんなそれぞれ生活を抱え、園児のために必死になって尽くして働いてくれています。だからこそ私自身も彼女ら彼らに対して、自分ができうる最大限のことをやって報いたいと、常日頃から心がけているのです。

保護者と向き合う

ここまで書いてきておわかりかと思いますが、私は一度こうと決めたことはまず譲りません。ことに幼稚園の決めごとについては絶対的です。これを曲げてしまうと私が掲げた原理原則から外れ、天に恥じるどころか、唾《つば》するのと同じになってしまうからです。ただし、私は頑迷なわからず屋ではありません。反対意見や批判にもきちんと耳を傾け、話し合いのもとで納得してもらうというやり方を通してきました。

幼稚園を運営していますと、大小様々の問題が日々起きています。小さな問題であれば先生たちで解決できますが、近頃はときどき、巨大なモンスターもあらわれたりしますので、そんな時は私の出番となるわけです。

ある時、バスの送迎をめぐる問題が起きました。うちの幼稚園の規則では、近くのバス停まで保護者が必ず来て、家までの行き帰りは付き添うということになっています。そして送って行ってバス停に迎えの保護者がいなければ、二、三分待ってからいったん園に戻るというのが決まりなのです。これは入園前の説明会でもきちんと案内をしています。交通事故に遭うかもしれないし、誘拐されるかもしれないのです。とにかく子どもの安全を確保するのが第一です。

しかしながら、中には家を建てて引っ越したばかりで近くに園バスが通っていない、だから家の前まで迎えに来てほしいという人もありました。もちろん答えは「ノー」です。そうしますと、

「私たちはお客さんでしょう。子どもが減ってきてるんだからそれくらいなんとかしてくれないんですか」

といった不満を言う保護者もありました。そんな時私は、

「私はお客さんだと思っていませんから」

と断るのです。

うちの園の教育方針に賛同して入園したなら従ってもらわなければなりません。具体的に申しますと、もしそのためにバスルートを変えると往復するのに十分かかる。そうする

とその後で待っている人たちまで十分遅れることになるのです。

「そういう人たちにどう説明するんですか」

と言いました。

何もこっちが引っ越して来てくださいと頼んだわけではないのですから。

またある時、バス停に園児を送って行きますと保護者がいないので、そのまま園に連れ帰りました。ところがそれが不満で保護者の父親が怒鳴り込んできました。

「すぐそばなんだから、うちの家まで連れて来てくれたっていいだろう。○○幼稚園はちゃんとうちの前まで来てくれるのに」

と言うのです。この家では子どもが二人いて、上の子は別の幼稚園に通わせていました。

私はカチンと来てこう言いました。

「じゃなんでその幼稚園に預けなかったの。うちはそういうのはできないから。それは約束したでしょう？　約束も守ってくれない人に、あなたのとこだけ特別だっていうわけにはいきませんよ。特殊な事情でもあれば別だけど何もないでしょう。ただ時間に間に合わないっていう理由ではダメですよ。園に連れて帰った方が安全でしょう」

とまあ激しい口論になって、最終的には退園してもらいました。

送り迎えではこういうこともありました。あれは園が始まってまだ十年くらいのことだったと思います。

お父さんが迎えに来たので、先生は園児を渡して帰しました。ところがその後、お母さんが迎えに来たのです。

「ご主人が迎えに来られましたけど」

と言いますと、お母さんは顔色を変えて、

「渡しちゃったんですか」と。

こちらはポカンとなりましたが、訊けば、そのご夫婦は離婚調停中だったのです。つまり、お父さんが自分の子どもを連れ去ったというわけです。そんなプライベートなことまで知らないなどという言い訳はできません。園児を預かる幼稚園としては大失態をやらかしたわけです。

そこで私は二度とこんなことが起きないようにと、一計を案じました。親と子どもそれぞれに身分証明書を発行して、その二つともに割印が捺してあり、それを合わせなければ帰さないというルールにしたのです。家庭に一つしか発行しないので、連れ去りだのといった問題は起きないはずです。

この方法は便利で、例えば子どもが遠足に行った時でもこの証明書をもっていれば、どこそこの幼稚園の誰それとわかって見つけやすいのです。それは今でもずっと続けています。


子どもをめぐる保護者とのトラブルとしては、時にイレギュラーなことも起きます。

今から十年ほど前のことです。園児が目のあたりを紫色に腫らして登園して来ました。当然私たちは虐待を疑うわけです。おかしいと感じたら児童相談所や警察に通報する義務があります。

そうして通報して園児の状態を見てもらいました。両親への聞き取りでは、休日にボートに乗せようとしたところ、転んで顔面を強打したということでした。それにしては少しひどいなと思いましたが、よく調査した結果、両親の言い分通り、確かにそういう状況であったのです。

ここでおさまらないのは両親の方です。二人で園に乗り込んで来て、

「親に内緒で通報しましたよね」

と抗議をされました。それで私は、

「しましたよ。通報する義務があるんですよ、私たちには」

と平然と答えます。

「じゃなんでうちの方に何でもなかったって、連絡してくれないんですか」

「何でもないかどうかは、園の方に連絡をもらっていないからわからないんですよ。もしわかっていたなら勇み足でしたってことくらいは言うでしょうけど、実態もわからないのにそんなこと言えないでしょう」

といった感じで言い合いになって埒が明きません。私の方も、いいも悪いもこういう性分なので、もののわからない人に対しては断固たる態度で臨みます。そのうちプッンと切れてしまいました。

「わかんない人だなあ、あなたがたも。私たちは子どもの命、安全を守るために、預かったからには命がけでやってるんですよ。それをとがめられたらやりようがないでしょう。それをわかってもらえないなら、ここにいる必要がないから、どこへでも行ってください」

と言ったのですが、その後は怒鳴り合いになってしまったのです。

　まあしかし、私としては絶対に譲れません。

「こっちは子どものためを思って、子どもファーストでやってるんだ。そして親御さんの気持ちにどう寄り添うかでやってるんだ。一生懸命なんだ」

　ところが人間というのは不思議なもので、怒鳴り合いにまでなると、人間同士、だんだんとわかり合ってくるものなのです。怒鳴り合いができるような人はまだ大丈夫です。それは本音を言い合っていることでもあるのですから。逆に腹の内で何を考えているのかわからない人の方が、かえって危ないものなのです。最後の方では、

「俺は喧嘩は強いんだ、負けたことないから」

　と申しますと、相手は、

「ほんと強そうですね」

　みたいなやりとりになって収束していったのでした。そして最終的には私の方針を理解してくださって、その後は園の活動に協力的にまでなったのです。

　こうやって様々な問題を通して、保護者と時には喧嘩をしながら向き合って来ました。

　その間、私は信念を貫き通しました。すなわち、とにかく親の顔色をうかがいながらの経

営はしない。自分が信じた教育を実践して、それを子どもたちに還元していくんだと。そうすれば先生たちも一生懸命にやってくれる。

そんなふうにやっていくと、だんだんと私の思いが浸透していって、今日では崩れない状態となりました。

ですが、幼稚園の経営は評判がすべてといってもいいくらいです。評判が悪くなったら立て直すのに三年や五年は平気でかかるので、油断をしてはいけません。

どこまで行っても日々、努力なのです。いつか来た道をそのまま通っていれば何も考えないで働けるので楽なのですが、それではダメなのです。子どものためにはなりません。日々、時代は進んでいるのです。

お天道様だって、昇るとわずかずつでもずれていきます。今という時代を見極めて、さらにさらにという気持ちで物事を掘り下げて考えて行動し、向上心をもって生きていかないと我が園の幼児教育が廃《すた》れていくばかりなのです。

必要不可欠な女性の愛

ある日、園の玄関で両手に荷物を持ち、靴を履こうとしたのですが、バランスを失って転んでしまいました。どこか打ちつけたかなと起き上がらないで考えていますと、

「先生ーっ」

「大丈夫ですか⁉」

と先生たちが何人も駆けつけてくれて心配してくれます。

先生たちはみんな女性です。こんな時、私はつくづく幸せだなあと感じます。日々を女性の中で過ごしていますと安心感があります。女性の包容力の源は母性であろうかと思いますが、こうした女性たちに愛情をもって守られる園の子どもたちも幸せです。

女性は男性とちがって何でも受け入れてくれます。ここで戦っている戦士（先生）たちは特に包容力と安らぎを感じます。これが男ばかりであったら、幼児教育どころか戦いばかりになってしまうでしょう。実は、男性は女性よりもずっと嫉妬深い生きものなのです。

会社で働く男性の交際範囲は実に狭いものです。それに引き換え女性は積極性があり、

地域での交流に参加するし、ＰＴＡに参加するし、趣味の仲間がいたりと、交際範囲は男性より遥かに広い。ちなみに父が選挙戦を戦うにあたっては、こうした女性軍団の力が大いに発揮されたものです。女性はその気になれば胆力も行動力もすごいのです。

さて、子どもたちを大事にしてくれる女性たちですから、私もそれに報いなければならないと考えています。例えば、もし万が一、彼女たちが食べるものに不自由するようになったら「俺が何とかしてやろう」と決めています。だから今やっている畑仕事も辞められないと思っています。

こうした女性の先生たちに日々触れ合う子どもたちは幸せです。

幸せを感じ、遊びによって知恵を授かれば、子どもたちが成長した時、戦争や紛争などの悲哀を味わわないようにするにはどうすればいいか、世界がみんなで仲よく暮らせるようになるにはどうすればいいか、そんなことを真剣に考えて生きてくれるようになるはずだ、と私は堅く信じているのです。

子どもの命を守る

時に子どもは大人が想像だにしないことをやるといいますが、幼児教育に携わっていますとそれを実感することが多々あります。

それだけに命に関わることには十分に気をつけなければなりません。ですが長年やっておりますと命に関わる避けがたい事件・事故は起きるものなのです。ここでは教訓にしていただきたいと思い、いくつかの事例を書きたいと思います。

初年度のことです。入園したばかりの男の園児が突然いなくなってしまいました。私や先生たちは驚いて近辺を探しまわりましたが見つかりません。そのうち、園児のお父さんは婿養子さんだったのですが、その実家から電話がかかって来ました。

その園児が今うちに来ているから両親に連絡してほしいというのです。聞けばその実家は幼稚園からおよそ三キロも離れていました。つまりその子は、お父さんの実家にトコトコ歩いて勝手に行ってしまったのでした。

また、九月の運動会の練習をやっている頃、二人の女の子がいなくなりました。迎えに来たお母さんたちが、遊具のところでお喋りに夢中になっている間にいなくなってしまったのです。これも先生たち総動員で周辺を探しましたが見つからない。幼い子どもたちのことですからまだ信号もよくわかっていません。

でも念のために信号を渡ったずっと先の彼女らの住まいがある場所へと探しに行きました。するとそこにいたのです。なんと信号を渡って四キロ先まで二人で歩いて行ってしまっていたのです。幸い無事でしたが、これには私も先生たちも冷や汗が出たものです。

痛ましくも悲しい、不幸な事故もありました。

入園したばかりの子どもの話ですが、ゴールデンウィークになって家族で山菜採りに出かけました。そこは人通りも車の通りも少ない場所だったのですが、向こうの山林へと親が道路を渡った際、その子どもが追いかけてたまたま通りかかった車に轢《ひ》かれて亡くなったのです。入園して間もないその頃というのは親に油断が生まれがちです。注意してほしいものです。

また、幼稚園から帰って来て、社宅の敷地内で友だちと遊んでいた子どもが、誤って防火用水の中に落ちて亡くなったということもあります。この時は一緒に遊んでいた子どもたちが怖くなって逃げてしまいました。大人たちにも言えなかったので、どこに行ったのか大騒ぎになって探し回ったのですが見つかりません。ひょっとして防火用水の中に落ちたのではないかという話になり、消防署に連絡して調べてもらったら、中で溺れて亡くなっていたのです。

またこれは別の幼稚園での話ですが、ある日、園外保育に出かけました。その時、先生がお漏らしをした紙オムツを、トイレの外にあった汲み取り用の丸い蓋を開けてそこに放り込んでしまいました。

さあ帰ろうという時になって点呼すると、一人足りないことがわかりました。周辺のどこを探してもいません。そうこうするうちに、ふと見ると、その汲み取り用の蓋がひっくり返って反対向きになっていたのです。ひょっとしたらということで調べたら、その中にはまって亡くなっていました。子どもは小さいのでそんな穴でも簡単に入ってしまいます。先生の不注意が原因ですが、こうした悲惨な事故は絶対にあってはいけないことです。

うちの幼稚園の入り口には太い桜の木が植わっています。その桜の木は、先ほど触れました、防火用水に落ちて亡くなった子どもの父親が植えたものです。本来なら友だちと一

緒に卒園式を迎えて卒業できたはずなのに、それができなかったことが残念で、

「ここに桜の苗木を植えてもいいでしょうか」

と、植えてくれたものです。

私はその桜を見るたびに事故のことを思い出します。そして人の命を扱う、守る仕事というのはいかに大変か、と身に沁みて考えさせられるわけです。

だから常に教職員に言うのは、幼稚園というのは「まず安全だよ」と。安全を確保するためには人数を必ず把握しなければいけない、と言うのです。

遠足や園外保育はもちろんだけど、常日頃においても登園をして来たのなら、何人来ているか、休みは何人いるか、在席の数は合っているか、帰って行った時にも数が合っているか、それを何はさておき確かめることを優先するようにと、それを徹底させるのです。

つまり、点呼に始まり、点呼に終わる。どんな場合でもそれをやるようにと口うるさいほど先生には言っています。だから昨今問題となっているような、バスに取り残されて亡くなるなどという事故は絶対に起きないのです。

前述しましたが、私は用心深い慎重な性格です。そして干瓢相場などで培った読み、想像力が人よりも長けていると思います。そういう意味においても、例えば幼稚園の建物ひ

とつにしても、子どもがどのような行動に出るかをシミュレーションした上で安全対策を講じています。

命に大人も子どもも関係ありません。みんな一つしかない大切な天からの授かりものなのです。これを最優先して守るというのがうちの幼稚園の特色でもあるのです。そして守られ、育まれた命が四つの心を大切にして、立派な大人に成長してくれる。これが私の本望でもあるのです。

第4章　私の流儀

こだわりの園舎

「園長先生、あそこ漏《も》ってまーす」

最初の園舎を建ててから二十三年の間、私は先生たちのこの呼びかけを何度聞いたことでしょう。

実は最初の園舎は、設計書通りに施工されず、手抜き工事によってずっと雨漏りがしていたのでした。雨が降った日に雨漏りがしなかった日は一日たりともありません。ところが元請けの施工会社の責任でやり直させようとしてもその会社が倒産してしまい、アフターフォローをさせていた下請け会社も倒産してしまいました。

その頃の私は建築のことなどまったくの無知で、こんな不良品をつくらせてしまって、せっかく設立資金をくれた父に対して合わせる顔もないと思いました。そこで建て替える資金を早く貯めたいと考えていました。

雨が降るたび前述のように先生たちが言い出します。そうしますと私は、「わかってんだよ」「バケツもって置いとけ」「雑巾を下に置いとけ」といったふうに、必死の思いで応急処置をして、しのいでいました。

今では私の経験値として合計十四回、建物を建築してもらっていますが、そのような初期の失敗の上に学んで、今日の自慢の園舎があるといえます。

雨漏り園舎を二十三年後に建て替える際、参考にした建物があります。

その頃は割と夏休みをきちんと取っていました。そこで日頃苦労をかけている妻の慰労を兼ねて、夫婦で青森県の奥入瀬《おいらせ》に旅行したのです。そして十和田《とわだ》で一泊した後、どうせなら北海道まで足を延ばそうということになり、函館に行ったのです。

函館に到着してタクシーをつかまえて市内観光をして楽しみました。夕方になり、ホテルに戻る途中、車窓からライトアップされている建物が目に飛び込んできたのです。

それはあまり使われなかったという「旧函館区公会堂」でした。明治四十三（一九一〇）年に建築された、国の重要文化財に指定されている洋館です。黄色をあしらった木造二階建ての建物で、その佇まいがとても美しく、目を奪われました。

閉館間際の時間だったのですが、私と妻はタクシーに待ってもらってこの洋館に飛び込み、ひと通り見せてもらいました。この建物の最大の特徴は、左右対称のポーチだということでした。そこにリズムがあって、ずっと見ていても飽きがこないのです。私はなかなかの名建築だと感じました。

それから建物に興味をもちまして、栃木県日光市にあります「東武ワールドスクウェア」に行きました。そこには世界各国の歴史的建造物や遺跡を再現したミニチュアが展示されているのですが、ベルサイユ宮殿など、それらの西洋建築も左右対称でした。しかも奇をてらったような建物ではなく、旧函館区公会堂みたいにやはり飽きがきません。

そこで私は園舎を建て替える時、これらの建物を参考にしてつくろうと考えました。それが今の園舎なのです。

たいがいの幼稚園の建物というのは、背が低くて屋根を鉄板みたいなもので葺いて、周りの外壁を加工と施工が簡単なサイディングボードなどで囲ってあるだけの、粗末な小屋のようなものが多いのです。

しかし、そんな環境のもとでは、子どもはのびのびと育ちません。いい器があってこそ、その器にふさわしい人間となるのです。しかも家というのは、人が生涯で一番世話になる場所です。ですから、素晴らしいデザインで質がよく、使いやすく、さらには誇りに思える建物の中で人を育てるのはとても重要なことだとわかります。だからこそグレードの高い建物にしたのです。

例えばうちの園の屋根は瓦で葺いてあります。瓦で葺くと建物が重くなり、必然的に柱や梁《はり》を頑丈にしなければなりません。地震が一番怖いのですが、その時によく瓦が落ちます。ところが今の瓦というのは穴が開いていて瓦桟に一本一本銅の釘で留められています。だから落ちる心配はありません。

それに手入れがほとんどいらないのです。四十年や五十年はもちます。塗装し直す必要もない。鉄板は十年、銅板は永久にもつものだと一般にはいいます。しかし、いずれも板の下に空気の層ができないものですから、陽が当たれば夏はもちろん冬でも目玉焼きが焼けるほど熱くなります。夜になると冷えて結露する。こうして屋根の下地材である野地板《のじいた》に傷みが出るというわけです。その点、瓦なら下に空気の層ができますから傷みません。

またうちの園の一番の自慢は、よその幼稚園にはない大ホールを自前でもっているということです。五百名も収容できて、北関東一の広さです。

この周辺の幼稚園もそうですが、多くの幼稚園では何らかの発表会の時などは、地域にある文化センターみたいな場所を借りて催しています。ところがそうなると、大道具や小道具をつくって運搬するといった、先生たちの負担が増えるばかりなのです。

おまけに舞台が大きすぎて何をやっているのかよくわからなくなったりします。「おむすびころりん」のおむすびをつくっても、誇張してバカでかいのにして滑稽なことになる。アンバランスになるのですね。

それからその場所での練習時間が限られるし、移動も大変です。その点、自前のホールがあればいつでも練習できて充実した発表会になるというわけです。

なぜ自前のホールをもたないかというと、使う頻度が少ないから遊ばせておく余裕がないし、広いホールを建てる敷地もないからです。

私は最初の園舎をつくる時に、いきなりは無理だけど第二段階として将来はここに大ホールをつくると、場所を決めていましたので、そのスペースをあらかじめ空けていました。そして舞台の出入りや楽屋などの動線まで考えていました。

一般の劇場の楽屋でもよくありますが、各部屋全部にテレビを入れてモニタリングできるようにもしてあります。そうすることで「今は○組さんがやってるから、そろそろ準備しようね」といった効率化が図れるのです。

この大ホール（舞台）はいろんな意味で栃木県ナンバーワンですし、全国的にみても誇れるものだと自負しております。

こうすることで先生や子どもたちの負担を軽減し、なおかつ子どもたちにも舞台を通し

楠エンゼル幼稚園

500名を収容できる大ホール

て興味や関心を高めてもらいたいという発想なのです。

もちろん今後園舎が足りなくなった場合にも、このホールが二つ三つに分割できるようにスライディングウォールを設置しています。そこまで考えるのも私が用心深い、慎重な性格ゆえなのでしょう。

とにかく、建築の失敗を最初にやって学んだ賜物です。

これらを言い換えれば、いいものをつくって長くもたせる。いいもので、その器に合った素晴らしい魂の子どもをつくる——これが私の園舎に対するこだわりなのです。

子どもの遊び

いくら時代が変わっても子どもたちの本質は変わりません。何が変わったかといいますと、やはり周りの環境でしょう。その昔は、幼稚園から帰れば隣近所の子どもたちと一緒に野山を駆けずりまわって遊んだものです。

ところが今はその野山がない。公園で遊ぶのでも、周りには危険な大人たちが取り巻いているというので、親が見守っていないといけない。危ないということが先に立ってしまって、非常に行動範囲が狭くなってしまう。交流範囲にしても、幼稚園や保育園に行っていないと、子どもたち同士で触れ合うこともままなりません。

私が幼稚園を始めた頃は、子どもたちは家に帰るなりカバンを放り投げて、ワーッと蜘《く》蛛《も》の子を散らすように遊びに飛び出したものです。団塊ジュニアの時代ですから、とにかく子どもの数が多かった。どこの地域にも子どもがたくさんいて、遊んで交流したのです。

ところが今は少子化で地域に子どもがいなくなりました。それに転勤族がとても多い。マンションならマンションの一室に閉じこもって、やることといえばゲームしかないのです。交流ではなく一人遊びが主流になってきています。

そういう点においては、広い庭のある幼稚園で自然と触れ合いながらのびのび遊ぶという時間はとても貴重になってきています。

それは具体的にどういうことかと申しますと、例えば晴れ続きともなると、砂場がカラカラに乾きます。そこで子どもたちは砂山をつくろうとするのですが、いくら砂を積み上げようとしてもサラサラなので、崩れてうまくつくれません。鳥取の砂丘みたいなものですね。

でもそういう中にあっても、とてもしつこい、粘り強い子がいたとします。一生懸命にがんばってつくろうとします。何度も掘っているうちに黒っぽい湿った砂が出てきて、それを使うと少し山にできたりする。するとその子は、白い砂（乾いた）と黒い砂（湿った）に触れてみて、どこが違うのだろうと考えるわけです。

そうしますと湿った方は冷たさを感じますから、「あ、水だ」と思いつくのです。それじゃあ水をもってくるかと、オモチャのジョウロを使って水道の水を汲んできて、乾いた砂にかけてみます。ところが乾き切っていますので水は浸透してしまってなかなかうまく湿った状態がつくれません。

何回も水を運ぶのですが、オモチャのジョウロでは一回に運ぶ量が知れていますからだんだん疲れてきます。そのうち、一回で多くの水を運ぶ手段はないだろうかと考えて、バケツで運ぼうと思い立つ。ところがバケツいっぱいの水は一人ではもてませんから、「○○ちゃん手伝ってよ」と仲間たちを呼んで、三、四人でもって運ぼうとします。

ですがバランスがうまく取れませんので、砂場に着く頃にはこぼれて半分以下の水量になってしまいます。やっぱりなかなか湿らせることができません。すると今度は「そうだ、ホースがついている水道がある。あれでやったらどうだろう」と、それを使ってやり始めます。

こりゃ楽チンだといい気になってやっておりますと、逆に砂場がビシャビシャになって砂もドロドロになって砂山どころではなくなってしまいます。あちこちで池みたいになったり、水田みたいになります。

そこで今度はあちこちに穴を掘って水を引いて、海や川みたいにして、そこに船を浮かべようと思いつき、笹舟や紙の船をつくろうかとか言って、砂山づくりがそんな遊びに発展するのです。

ところが子どもですからすぐに飽きてしまいます。一人抜けて鉄棒で遊ぶ、二人抜けてブランコで遊ぶといったことで、砂場には誰もいなくなる。そうやって遊んで、部屋に戻る前に、そういえばあの砂場の水はどうなっているかなあと、みんなで様子を見に行きます。

そうすると、砂場の水が全部ひいてきれいになり、砂がちょうどいい具合に黒っぽくなっています。ひょっとしたら砂山ができるんじゃないかなと、つくり始めます。どうせつくるのならでっかい砂山をつくりたいというので、周りの子どもたちと協力し合ってがんばります。

「できた！」と、やがて思い通りの大きな砂山が完成します。そこで「トンネルを掘ってみよう！」と、掘ろうとするのですが、なにぶん大きいものですから向こうまで手が届きません。

それじゃあこっちと向こうと同時に掘り進めていこうとやってみますが、ちゃんと見当をつけて掘り進まないと、相手の穴とずれてしまいます。それで横からも掘ったり、いろんな角度をつけて掘ったりするうちに、位置を合わせることができて貫通するのです。

というわけで、こうやって遊びながら、砂山づくりの難しさやトンネル掘りの難しさを自然に身をもって知るわけです。

このミッションの中にはいろんな大切な要素が詰まっています。これを非認知的能力というのです。勉強もそうですが、人間が人生を切り拓き、生き抜いていく力をこうした能力で身につけるのです。

読み書きを教わるみたいなことではなく、自らの体を使って、問題に突き当たれば知恵を使って工夫をして乗り越えていきます。子どもたちの心の中で、「ひょっとしたら、ひょっとしたら」という発想の中からそれが生まれるわけです。

今の日本人に欠けているものがあるとすれば、まさにその「ひょっとしたら」だと思います。「ひょっとしたら」の発想がなくて、それを大切にして来なかったから、世界レベルでは二周も三周も遅れてしまうのです。それは理屈で教えたところで生まれない発想です。

日頃から子どもたちに接していますと、大発見というものは、遊びの中で培われてゆくものだと実感します。

興味深い話があるのですが、日本のノーベル賞受賞者が、日本のどの辺の出身者が一番多いのかという分布図をつくりますと、中央構造線の周辺にたくさんいるそうです。

そしてその人たちの大半は、幼少期などにはいわゆる机上の勉強などしていないといいます。野山を駆けずりまわってわんぱくの限りを尽くして遊んだという人が結構多いのです。そうした人たちは「ひょっとしたら」の発想をたくさんもって育ったのではないかと私は思います。

自然を生かす

今という時代は開発が進み、目まぐるしく環境が変わります。そんな限られた環境の中で「ひょっとしたら」の発想に結びつく場所があるのは、広い園庭をもつ幼稚園くらいのものなのです。家の中や狭い空間では生まれません。

うちは後発ということもあり、幼稚園をつくる時には先発の幼稚園を研究しつつ、まずは山林を切り開いて広い園庭をキープしました。そしていくつかの木々を残して遊び道具の一環としたのです。

園庭の真ん中には太い大きなクヌギの木が二本、ドーンと立っています。小学校の感覚で言えば、例えば運動会をやるにしてもそんな木があれば邪魔になるだけだという考え方になります。しかし、その木が幼稚園では大活躍をするのです。

まず、夏の暑い盛りには涼しい日陰となります。午前中も午後も、向きが変わるだけで確実に日陰ができるのです。そして自然と子どもたちが集まってきます。クヌギですから、カブトムシやクワガタがやって来たりして、それを捕ったり観察したりします。ときどきはスズメバチもやって来るので、それで危険な生きものから身を守る方法を学びます。さらにはドングリの実が落ちてきます。ドングリといっても、ナラの実とクヌギの実では違うので、実際に手を触れてみて違いを確かめます。

運動会をやる時はその木に万国旗を吊って四方八方にのばします。また、二本並行に並んで立っていますから、納涼大会の盆踊りの時には竹を渡して花を飾ります。下にトラックを停めて周囲を紅白の幕で包んで舞台をこしらえ、そこにお囃子の人たちを乗せて周りで盆踊りを踊るのです。

ちょうちんも二本の木にロープを通して吊ることができます。はしごは使わないし、わざわざ登らなくても、ロープの一方を竹竿の先にY字形のものを取りつけて、それで持ち上げ木の枝にかけて垂らして地上で引っ張ると持ち上げられるのです。

私の知恵ですが、保護者などは「登らなくてもできるんですねえ」と感心しています。こうした先人の知恵を子どもたちに見せるのも大切なことだと考えています。

ほかにもうちの園では、四季折々の花が咲き、季節ごとに様相が変わるというふうに園全体がつくってあります。

庭では春先一番にどういう花が、どういう木に咲くかなどがわかります。四月、五月になるとどの花が咲くのか。夏になるとどんな鳥がやって来るのか。やがて来る秋にはどんなふうに色づいて、最後の冬にはどのような状態になるのか。

また、園では四季折々の行事でも自然を生かしています。例えば十五夜が近くなりますと、お供え用のススキや花を摘み、柿や栗を子どもたちの手で採ります。子どもたちの間でどんな花を摘むか教え教えられて学び、覚えていくわけです。

私が子どもの頃は、栗を採る時は子どもの力でも曲げられるような栗の木を選び、木登りをします。先発の子どもが木の枝のできるだけ細いところまでまず登ります。二番目の子もできるだけ細い枝まで登ります。そうすると木がたわみますので、そこで二人の足をみんなでつかんで地面にグンと近づけて、そうなれば栗が簡単に採れるのです。

こうしたいろんなことを、木々という自然に触れて、子どもたちは知って実体験として学んでいくわけです。

その昔は魚も素手で捕まえていました。杭の周囲でいきなり捕まえたり、水をかき出して捕まえたりしていると、魚がどういう場所に生息しているかわかるようになります。ナマズやウナギは夜行性だから、昼間は土管のような薄暗いところに入っています。昼間な

木々が多い広い園庭

らそういった場所を狙わないとダメだとわかるわけです。知恵を使って捕る方法を考えてやってみるのです。捕っただけでは目的達成ではなく、捕まえた魚をどうするのかまで考えます。換金してみんなで分けるのか、調理してみんなで食べるのか。

木登りにしても一番登るのが難しいのは松の木だと思います。赤松などに登ると上に鳩の巣があって、卵を採るのです。ザラザラして滑りやすいし皮も剥がれやすい松の木に登れたら超一流だというわけです。

この頃はこうした遊びがすっかり影を潜めました。ですのでそういう遊びの感覚を少しでも経験させて、「ひょっとしたら」という発想ができて、人間の鋭い感性というものを養えたらという希望をもって、うちの幼稚園では活動しています。

言われたことを言われたままにしかできない人間ではなくて、自らが枝を張って実をつけられるようになってほしいのです。そうした子どもが育たないと、本当にこの国の将来は、寂しいものになると思います。

近頃の子どもが「ひょっとしたら」という感性に疎くなったのは、何も環境だけのせいだけではありません。

私は、政治家が教育にお金を使わなくなったことも大きいと考えています。今の政治家は、十年、二十年先にならないと使いものになるかならないかわからないような教育には、お金をかけようとしません。そんな冒険をするくらいなら、手っ取り早く道路や橋をつくって、目に見えることをして、「あれは俺がやったんだ」「先生はさすがです」みたいな短絡的な発想が、依然として主流です。

その点、アメリカやヨーロッパでは先々をよく考えて、人に投資をしています。これは歴史的に見て、自らの手で開発をして発展を遂げた国と、隋や唐といった中国を模範にしながらそれを上手に使いやすいように改良してきた国との違いかもしれません。

いずれにしても政治というのは、目に見える、見えないにかかわらず、人々の生活に大きく影響を及ぼすものに違いありません。ただ日本の政治というものがなかなか成熟しないことも歯がゆく感じます。

政治をめぐって

政治と我が家とは浅からぬ縁があります。

前述しましたが、私の祖父、八十八は大谷村（現大谷町）村議会議員や小山市議会議員を務め、父、楠雄も連続五期で市議会議員を務め、その後連続四期十六年、七十九歳で引退するまで栃木県議会議員を務めました。その間父は議会選出の監査委員や常任委員長、栃木県議会副議長の要職を歴任しています。

こう、言葉で書けば華々しく受け取られるかもしれませんが、選挙のたびに時間と労力を使い、我が家としてはなかなか大変なイベントでもありました。

もちろん我が家にとって政治家は専業ではありません。祖父も父も農業や商売をやりながらこなしていましたし、選挙の手伝いをしていた私に至っては、一時は干瓢問屋と幼稚園、農業を営むかたわらでやっていましたので、その期間はかなりハードではありました。

選挙にまつわるエピソードも多々あります。

私が小学校二年生の時、祖父は落選しました。しかも一票差での負けです。同票同点でいったんは止まっていたのですが、疑問票の点検で相手方の票が一票出て、夜中の二時、決着したといいます。

また父は昭和三十八（一九六三）年の市議会議員選挙で初立候補しました。母は当初選挙に出ることは反対でしたが、言い出したら聞かない父の性格を知っていますので、応援をすることにしたのです。半年にもわたる選挙準備、全力での、無我夢中の選挙でした。やがて開票の時がやってきます。下馬評では落選候補だったようで、票が開き始めてもなかなか伸びません。同じ地区の候補者が大量得票で当選を確定させ、隣地区の候補者も当確となり、同じく隣地区の別の候補者もほぼ当確という状況になりました。

その事態に母がもう諦めてしまって父に、

「お父さん、私、票を読み違えちゃったみたい。ごめんなさい」

と謝ったそのとたん、朗報が飛び込んで来ました。

百五十票しかなかった得票数が、いきなり千を超えたのです。結果的には千百五十九票という大量得票で、十一票差での二位当選という結果になったのです。ちなみにこの時の最下位当選の候補者の票は三百五十票程度で、これが三十六番目でした。

選挙期間の準備は、後援会員募集のパンフレットづくりから始まり、募集する依頼者の選別、地域ごとの幹部の整理、集計表の整理、各種催し物の企画・立案・手配、それに伴う看板やポスター、腕章や受付表などの小道具の準備、告示までのスケジュール管理など、細々したものを含めると膨大で、忙しい限りでした。

それらの仕事を私は、干瓢の商売や幼稚園の仕事、農業をやりながらこなしたものでした。そしてやがて父が引退した時、平成十一（一九九九）年に、私も栃木県議会議員選挙に立候補することになるのです。

この時私は、誰はばかることなく、自分の思いを率直に主張しました。有権者に愛想笑いを浮かべてすり寄ったり、派手なパフォーマンスをしたりなどは一切せず、自分の政策や政治に対する考えを訴えつつ、選挙戦を戦い抜きました。結果は千票差の次点で、わずかに及ばず落選しました。

後援者の中には「言いたいことを言いすぎたよ」となげくような声も聞こえてきましたが、言いたいことも言えずに選挙を終えて結果を待つというのは、私の信念に反することであり、悔いを残すことは絶対に嫌でした。

日本の選挙は昭和五十年頃までは、まだ人物そのものが重視される傾向にありました。ところがいつの間にかアメリカ的政治の表面的なところだけを取り込み、メディアによる政治や政治家に対する蔑視的表現が目立つようになりました。

その結果、人物ではなくタレント候補に代表されるような、単なる有名人であればいいような風潮に拍車がかかります。ついては政治家の劣化が助長されるに至った気がします。民主主義の最も恐れなければならない事態、つまり衆愚政治への道ができあがり、ますます政治不信と政治家の不祥事の増加につながっていくといった、負の連鎖に陥っているのではないでしょうか。

本当は政治家の資質の向上のために何をなすべきなのか、真剣に考えなければならない時期に来ています。国民一人ひとりがそれぞれに何ができるかが問われているのです。私自身の考えとしては、被選挙権に制限を設けるべきだと考えます。政治家を志す者には国家試験による資格認定制度を導入するのです。

そうすれば若者たちも将来政治家を目指したいなら関心をもつでしょうし、勉強もするでしょうから、少なくとも今よりはましでしょう。資格認定を受けていれば劣悪な二世や三世議員が出てくる余地もなくなります。逆に優秀な二世、三世にとっては正当な評価を受けるので、救いにもなる制度となることは明白です。

今週のベストテンを決める安易な投票や、単なる人気投票は一刻も早くやめなければなりません。国民はもっと責任ある態度で、政治家に国や地方の舵取りを委ねる必要があるのです。

国民からいただく税金の使い方を考えながら、国民の暮らしや安全、他の諸々の施策を実行していくという大切な任務を担っていくのが本来の政治家なのですから。

だから政治家は、選挙が怖くて常日頃から有権者のご機嫌うかがいに汲々としているようでは、自己が目指す政治など到底できないのです。

誰はばかることなく自分の政策を語り、信念を語り、主義・主張を言わなかったら、そして理解を求めることをしなかったら、いったい何のために政治に足を突っ込んだのかわからないではありませんか。


というわけで私は私なりの筋を通して立候補したのですが、その志は実らずに終わりました。そして捲土重来《けんどちょうらい》を期して、次期選挙に挑むべく準備をしていたのですが、糖尿病と狭心症を発症してしまい、断念せざるを得なくなったのです。

もし私が当選したのならば、一年後の市長選に出馬を想定した上での県議会議員でした。議員ではなく首長でなければ、自分の目指す政策や政治の実現は難しいと考えたからです。

そしてその後、私は幼稚園での教育にいっそう力を注ぐようになります。政治がダメなら優れた人材を育てようという将来を見据えての、いわば〝急がば回れ〟、「国家百年の大計は教育にあり」です。

かつて、長岡藩の小林虎三郎《こばやしとらさぶろう》は、友藩から送られてきた米百俵を将来のため、子弟のための教育に使おうと藩を説得し、そのように使わせたという話が残っています。その米百俵の精神、まさに今の飢えをしのぐことよりも何倍にもなって返ってくる将来を見据えて投資したという、その故事の実践を私は目指したのです。

最後の仕事

私は今、最後の仕事に取りかかっています。とはいえ、沈黙を守って何もしないのです。何もしないことが仕事になるというのはどういうことか。早い話が今は後継者の育成に取り組んでいるのです。

後継者というのは私の長男のことです。そして私は、「早く失敗しないかなあ」と思っています。人は成功からではなく、失敗から学ぶのです。だから私の目の黒いうちに失敗した方がいいと考えています。

そのためにはどんどんいろんなことをやらせればいいのですが、同時に、こちらの忍耐、我慢が必要になってきます。口出ししたい気持ちを堪えるのです。自分は手出しをしないで、ジーッと目だけで見るのです。そうしないと人はなかなか育っていかないと思います。失敗した時に初めて「それみたことか」となる。そうなってようやく自省し、進歩につながるのです。

とにかく人を育てることに関していえば、経営トップは十年の我慢が必要です。ある著名な経営者は、自分が社長を退く時に、取締役になって間もない一番若い人を社長に就任させせました。なぜかというと、社長業というものは、最低でも十年やらないと一人前にならないというのです。歳をとってからだと、十年経つと病気になったり、場合によっては亡くなるかもしれません。その経営者はそんな考え方で最後の仕事をしたのです。

私もそれにならったわけですが、忍耐、我慢の連続です。「子連れ狼」の大五郎みたいなものです。口出しも手出しもできないので退屈極まりないです。

先生たちが明らかに「相談したい」という目で私を見ます。私はわざと目をそらします。

「お時間ありますか?」

と言われても、そのたびに、

「しばらく時間はないね」

と申し訳ないけど突っぱねるのです。

これは当たり前のことで、経験値も安定感も違うわけだから、当然ながら先生たちは息子ではなく私を頼ろうとします。でもここはグッと堪えないと次世代のためにはなりません。歯がゆいところではありますが、息子を鍛えて育てるためには仕方がないのです。

私もそうやって父から育てられましたし、父もまた祖父からそのように育てられてきたと思います。親の背中を見て子は育つと言いますが、息子もまた私と同じように、いや、さらなる飛躍をしてがんばってくれると考える次第です。

「お前もよくできたよな」

最後に、私の家族のことを書いておきたいと思います。

第1章で書きましたように、三代前の曽祖父がイカサマ博打で騙され、小野瀬家は無一文からのスタートとなりました。それを祖父の八十八が奮起して桑の苗の商売で成功し、父の楠雄も干瓢問屋の商売で成功し、県議会議員まで務めました。そして二人を陰で支えたのは、祖母のやのと母のきんでした。

事業の失敗という屈辱、貧しさのどん底を味わうことはつらく、苦しいことではありますが、決して不幸なことではないと私は考えています。その貧しさや失敗があったからこそ家族の絆が強まり、苦労を乗り越えて成功に転じ、今日の私があるからです。

そしてその絆の強さこそ、私が引き継ぎ、息子や孫たちへと伝えていくべき宿命とも感じるのです。そういう意味においては長男である私が、家族みんなの面倒を見て、絆を強めてこれからも生きていく所存です。

妹の息子は小学校四年生の時、脳腫瘍であることがわかりました。それは今後重い障害が残る可能性のある病気です。妹は真っ先に私のところに泣きながら電話をかけてきて、窮状を訴えました。私はその時、

「泣いてちゃダメだろう。お前がしっかりしないでどうするんだ」

と敢えて厳しく言いましたが、内心は私や家族みんなで守ってやらないといけないと考えていました。

妹は妹で、兄貴におんぶに抱っこではダメだろうと考えたのでしょう。もちろんこの先

自分にもしものことがあっても、息子が安心して暮らせる環境を、とも考えたと思います。何より息子の病気と介護の現実を目の当たりにして、現状の福祉サービスに疑問を感じ、どうすればいいいかと深く考えてみたのでしょう。

ある時、妹が、

「老人ホームをつくりたい！」

と言い出しました。

まったく経験もないのに無鉄砲な決心でしたが、それを一番に理解したのは母でした。母は毎年園児募集に苦労をしている幼稚園の現実を見ていましたから、老人ホームならこれからますます需要が増えるだろうし、家族経営のリスクを分散できると考えたのだと思います。

建設用の土地を買い上げてくれて、妹はそれを機に無謀ともいえる高齢者施設をつくり、今日まで高齢者福祉や地域に貢献をしています。

妹の行動力には目を見張るものがありますが、その陰では母の支えがあったのです。

第１章の干瓢問屋の商売や土地売買のくだりを読んでわかっていただけたかと思いますが、母はとても賢い人でした。いかに家族が安泰になり、幸せに生きてゆけるかを、様々な局面に応じて考えていました。私もことあるごとに相談をして、母の知恵を授かっていました。

その頼りになる母、きんは、平成二十一（二〇〇九）年十二月十九日に亡くなりました。享年八十七歳。

父よりも後で逝くと思っていたのですが、先に逝ってしまい、私のショックは相当なものがありました。母親に死なれるというのは、息子にとってかなりきついものです。ましてや私の場合は母親であり相談役であり、よきビジネスパートナーでもあります。まるで片腕をもがれたような悲しみを味わい、その後一年の間は何も手につかないような状態が続きました。

一方、父は母が亡くなった三年後、平成二十四（二〇一二）年九月七日、九十二歳の生涯を終えました。

父の死に際しては忘れられない思い出が二つあります。

一つは私たち家族が交代で入院している父に付き添い、看病や介助をしている時のことです。その頃父は、だんだんと食べられなくなり、お粥すら食べられなくなって衰弱して

いました。ある時、ベッドの父が私に手招きをして呼びました。何だろうと思って私がそばに行って、

「何だい？」

と聞きますと、父はこう言いました。

「俺はな、今まで親父の言う通りにして生きてきたけど、悔いはない。人は死んでも名が残るだろう。しかし、悪い名で残しちゃいかん。いい人生だったなというような生き方をしなきゃな。俺はもう何も思い残すことはないよ……お前もよくできたよな」

そう言って私を褒めてくれたのですが、これは本当に嬉しかったです。欲をいえば、まあ、もうちょっと早く言ってくれよとは思いましたが。でもそれが大正、昭和、平成と生きた男の美学なのです。

もう一つは亡くなる前日の夕方、意識がなくなる直前のことです。その時、雷が鳴り響き、雷雨となりました。そして雨がやんで病室の窓から外を見たら、美しい見事な虹が架かっていたのです。私は思わず、

「親父、見てみろよ。すごいきれいな虹だぞ」

と声をかけましたが、すでに意識がなくなっていました。

大袈裟な言い方になるかもしれませんが、私はまさしく〝虹の架け橋〟だと感じました。

「隆久、あとは頼んだぞ」と、言われているようでした。

こうして両親を送ったのは、長男としての最後の仕事でした。父の葬儀の時は本当に気合が入ったのを昨日のことのように覚えています。


妻、利恵のことについても触れておきたいと思います。

若い時から、お互いに還暦を迎えたら、仕事を引退して、お金を出し合ってのんびり海外旅行でもしようと決めていました。いろんな名所を見て、美味しいものでも食べて、これまで必死に働いてきたのだから、人生のご褒美をもらってもいいだろうと楽しみにしていたのです。

ですが、それもかなわなくなってしまいました。妻が介護を必要とする病に罹ってしまったのです。口八丁手八丁の私の理想とする妻がこんなことになるなんて、まさかとは思いましたが、どうにもなりません。

ただ、妻と一緒にいると、これまでかけた苦労や思い出が次々によみがえってくるばかりでした。私がそうなのですから、ともに過ごした時間が長い三人の子どもたちにしてみれば、もっと思うことがあるでしょう。

干瓢で夏場は忙しい私に代わってプールによく連れて行ってくれたとか、いじめられた時には学校に乗り込んでくれたとか、いろんなことを思い出しながら、子どもたちは妻の介護をしているのでしょう。

子どもは子どもなりに、親のありがたみをずっと噛み締めているものなのだと思います。私が選挙違反の疑いで勾留されている間、彼女は私に代わって園長となり、園を取り仕切って守ってくれました。もちろん家庭もしっかりと守ってがんばってくれたのでした。

妻には今、感謝の言葉しかありません。

そして立派に成長してくれた子どもたちも私の誇りです。

たとえ私がいなくなった後、困難に見舞われようとも、家族みんなで支え合い、力を合わせて乗り越えていってくれるでしょう。


私はここで何も家族自慢をしようと思っているわけではありません。世の中には様々な環境、境遇におかれた家族があると思います。経済的に恵まれた円満な家族だけではなく、貧困や家庭不和など、問題を抱えている家族もあることでしょう。何とかしなければともがき苦しんでいる人たちもいるでしょう。

私のご先祖様は、財産が草刈り籠いっぱいの位牌だけというどん底から、はい上がってきました。時代が違うとはいえ、家族が一丸となって粘り強く働いて、努力して、何とか成功したのも、普遍的な家族の絆があったからです。

家族が思いやりをもって支え合うということが連鎖すれば、自分たちだけでなく、社会全体をも助けるということです。こんな当たり前のことが困難な時代になっています。これからはますます社会は混沌として複雑化するに違いありませんが、それに打ち勝つためにも一番身近である家族を見つめ直して結束するのが大切と考える次第です。

おわりに

今日も園児たちの元気な声が園庭から聞こえています。

二十五歳で創立、開園してから五十年の歳月が流れました。我が園からは六千名弱の園児たちが巣立っていきました。

今思い返してみて、私が一番幸運であったと感じますのは、素晴らしい仲間たちとともにこの五十年を過ごすことができたことです。とりわけ、この園に青春の血と汗を注ぎ込んでくれた先生たち、いつも一緒になって園の歩みに寄り添っていただいた保護者の方々には、感謝しても感謝しても、し足りないほどの応援とお力添えをいただきました。

今でも言葉に尽くせないたくさんの思い出や、園児たちの可愛い笑顔、真剣な顔、泣き顔が浮かんできます。齢を重ねるごとに園児たちが愛おしくなり、後期高齢者ともなれば、その思いはさらに増している気がいたします。


「国家百年の大計は教育にあり」

この信念とともに、ひたすら理想に向かって園児たちの成長の糧となるべく、また生きる力の元にするべく、様々な体験や経験を多くさせるための環境を整えつつ、幼児教育に取り組む日々でした。

一般的な職業では味わえない魅力が、幼児教育の世界にはあります。生涯現役を貫こうと思えばできないことはないのですが、後継者の育成もとても大切なことと考えております。

ある人が「年寄り一人が消えることは、図書館ひとつが亡くなるに匹敵する」と言っていましたが、経験値の多さは即座に先が読めてしまうという、厄介な感性をも備えています。

本書でも書きましたが、後継者の育成は日光東照宮の三猿のごとく、「見ざる・聞かざる・言わざる」の忍耐が肝要かと心得ねばならないようです。人は成功体験より、失敗体験に学ぶことが多いようですので、少々の転ばぬ先の杖は不要かと思う次第です。

私の父、楠雄は、「事業の継続において船頭は一人。二人の船頭では船は真っ直ぐ進まん」が口癖でした。したがって、私の幼稚園の経営については、金は出しても口は出さんという姿勢で、言いたいことは山ほどあったろうに、無言を貫きました。

私にしてみればやりやすい反面、責任の重さを常に感じ、妻ともども、必死になっての取り組みの連続でありました。しかしながら、だからこそ成長の機会となり、今日があるのだと確信するのです。

父は最晩年、「俺はひたすら親の言った通りに生きようとし、その通りに生きてきたが、俺の人生に悔いはない」と、満足して言ったものです。

私もそう言い切れる人生を歩みたいと思いますが、私には悔いの残る気持ちがまだあります。たった一度の人生、たった一人しかいない自分を活かしきったかといえば不満が残ります。ですが平和な時代に幼児教育に身を捧げ、先生方や園児たちに恵まれ、夢を追いかけることができたのは、何よりの幸せだったと思います。


私は七十五歳。人生百年時代、まだ残り二十五年の時間があります。私は幼い頃より、試練やストレスがかかると闘志に火が点くように鍛えられています。それらを栄養分にして成長してきました。

これからも世の中のお役に立つ限り、前へ前へと一歩一歩進んで、子どもたちの幸せと成長の後押しをしていきたいと考えております。

本書を書き終えるに際し、まだまだたくさん記したいことがあったように感じますが、追記の機会がありましたら、また筆をとりたく思います。

最後に、出版にあたっては、種々ご配慮とご苦労をかけましたＰＨＰ研究所、ならびに関係者の皆様に、心より感謝の誠を捧げます。

編集協力　松下隆一

【著者紹介】

小野瀬隆久（おのせ・たかひさ）
学校法人小野瀬学園理事長。

昭和22（1947）年10月30日、栃木県小山市犬塚に、父・楠雄、母・きんとの間に二男一女の長男として生まれる。幼少の頃よりわんぱくぶりを発揮し、母の実家にて叔父、叔母と多く過ごす。栃木県立栃木高校から明治大学政治経済学部に進学。学生運動の激しい時代に青年期を過ごす。昭和45（1970）年の大学卒業と同時に、4月より家業の干瓢問屋「小野瀬商店」に就職。昭和48（1973）年4月に楠エンゼル幼稚園を開園、翌昭和49（1974）年1月に杉田利恵と結婚、一男二女をもうける。令和4（2022）年4月より認定こども園・楠エンゼル幼稚園となる。50年もの間、6000名の園児の保育・教育にかかわっている。

いつか、きっと
困難から立ち上がる
人生に大切な４つの教え

2023年４月３日　第１版第１刷発行

著　　者　小野瀬隆久
発行者　村上雅基
発行所　株式会社ＰＨＰ研究所
京都本部　〒601-8411　京都市南区西九条北ノ内町11
マネジメント出版部　☎075-681-4437(編集)
東京本部　〒135-8137　江東区豊洲5-6-52
普及部　☎03-3520-9630(販売)
PHP INTERFACE　https://www.php.co.jp/
組　　版　グーニー株式会社
印刷所　図書印刷株式会社
製本所　株式会社大進堂

ISBN978-4-569-85424-3

PHPの本

道をひらく

松下幸之助 著

運命を切りひらくために。日々を新鮮な心で迎えるために――。人生への深い洞察をもとに綴った短編随筆集。50年以上にわたって読み継がれる、発行550万部超のロングセラー。

定価 本体八七〇円（税別）

PHPの本

続・道をひらく

松下幸之助 著

身も心も豊かな繁栄の社会を実現したいと願った著者が、日本と日本人の将来に対する思いを綴った116の短編随筆集。『PHP』誌の裏表紙に連載された言葉から厳選。

定価 本体八七〇円（税別）

PHPの本

人生の楽園をつくる

心豊かに過ごせる老人福祉施設のひみつ

小野瀬雅子 著

栃木県内だけでなく全国から注目されている老人介護施設がある。理想的な終の棲家をどのようにつくり、運営しているのか。

定価 本体二、〇〇〇円（税別）